Elfmeter für Nelly

Claudia Kühn wurde 1969 in Berlin (Ost) geboren, wo sie heute noch lebt. Sie studierte Germanistik und Kulturwissenschaft an der Humboldt-Universität. Inzwischen arbeitet sie als freie Autorin und Dramaturgin für Film und Fernsehen, am liebsten für Kinder und Jugendliche.

Claudia Kühn

Elfmeter für Nelly

CARLSEN

Außerdem von Claudia Kühn bei Carlsen lieferbar:
Rennschwein Rudi Rüssel – Rudi startet durch (Band 1)
Rennschwein Rudi Rüssel – Rudi nimmt jede Hürde (Band 2)
Rennschwein Rudi Rüssel – Rudi auf Abwegen (Band 3)
Rennschwein Rudi Rüssel – Lauf, Rudi, lauf! (Band 4)
Türkisch für Anfänger – Meine verrückte Familie (Band 1)
Türkisch für Anfänger – Verwirrung hoch sechs (Band 2)
Türkisch für Anfänger – Durchdrehen garantiert (Band 3)
Türkisch für Anfänger – Der ganz normale Wahnsinn (Band 4)

Die Autorin dankt Jürgen Druschky,
dem Trainer der Mädchenfußballmannschaften
der Poelchau-Oberschule Berlin, für seine Hilfe

Originalausgabe
Veröffentlicht im Carlsen Verlag
März 2011

Umschlagbild: Michael Bayer
Umschlaggestaltung: formlabor
Corporate Design Taschenbuch: Dörte Dosse
Lektorat: Brigitte Kälble
Gesetzt aus der Bembo von Dörlemann Satz, Lemförde
Druck und Bindung: GGP Media GmbH, Pößneck
ISBN 978-3-551-31047-7
Printed in Germany

EINS:
Die Wahrscheinlichkeitstheorie

An einem wunderschönen Junimorgen saß Cornelia Nuss mit ihren Eltern Anne und Boris am Frühstückstisch. Sie waren hier jeden Sonntag verabredet, um sich in aller Ruhe zu erzählen, was in der vergangenen Woche passiert war und was sie in der nächsten Woche zu tun hatten. Anne und Boris waren stolz auf dieses Familienfrühstück. Doch für Cornelia bedeutete es, dass sie auch noch am Sonntag schrecklich lange stillsitzen musste.

Wie so oft las ihre Mutter auch heute in einem Manuskript für den Verlag, bei dem sie arbeitete. Und ihr Vater, Mathematiker an der Technischen Universität, ackerte die Zeitungen durch, die er in der vergangenen Woche nicht zu lesen geschafft hatte. Ab und zu sahen die beiden hoch, aßen etwas und fragten Cornelia: »Schmeckt es dir?«

Aber weil sie sich sofort wieder in ihre Lektüre vertieften, bemerkten sie gar nicht, dass ihre Tochter mit dem Frühstück längst fertig war und nur noch auf den richtigen Moment wartete, um aufzustehen.
Cornelia wollte gerade einen Anlauf machen, als ihr Blick auf den Sportteil der Zeitung fiel. Den hatte ihr Vater wie immer sofort beiseitegeschoben. Allein den Gedanken an sportliche Betätigung fand er abwegig und gesundheitsschädlich.
›Mädchenfußball im Aufwind‹ lautete die große Überschrift auf der ersten Seite.
Und unter der Schlagzeile stand ihr Name!
Cornelia schluckte. Es war nur eine Frage der Zeit, bis auch der Blick ihres Vaters auf diese Seite fallen würde. Und dann flog ihr lange und gut gehütetes Geheimnis auf. Sollte in ihrem Leben alles so bleiben, wie es war, dann musste sie jetzt und auf der Stelle etwas unternehmen!
»Möchtest du noch einen Kaffee, Papa?«, fragte sie also mit einer ihr selbst ganz fremden Stimme.
»Oh ja, gerne.«
Cornelia hob die halb volle Kaffeekanne, kippte sie langsam nach vorn und goss den Inhalt mit einem dicken Strahl direkt auf den Sportteil. Ein

bisschen Kaffee schwappte auch auf die Brötchen.
Ihre Eltern sahen sie erschrocken an.
»Zum Glück war das nur der Sportteil«, sagte ihr Vater dann.
Cornelia nickte etwas verkrampft, nahm die vom Kaffee braun gefärbten Seiten und warf sie schnell in die Mülltonne. Als sich der Deckel über der Zeitung schloss, atmete sie erleichtert auf. Sie war noch einmal davongekommen.
Aber jetzt wollte sie so schnell wie möglich aus dem Haus.
»Ich geh zu Lotte«, sagte sie darum ganz beiläufig. »Wir bereiten einen Vortrag für Biologie vor.«
»Wann bist du denn zurück?«, fragte ihre Mutter. Sie klang ebenfalls erleichtert, wahrscheinlich weil sie jetzt ungestört weiterlesen konnte.
Cornelia überlegte kurz. »In drei Stunden ungefähr.«
»Viel Spaß euch beiden.«
Cornelia hatte noch nie verstanden, wie man Spaß bei der Vorbereitung eines Referates haben konnte, aber sie unterdrückte jede dahingehende Bemerkung, nahm ihren Teller und trug ihn zur Spülmaschine.

In diesem Moment stand ihr Vater auf, ging zum Mülleimer und öffnete ihn, um die durchweichten Brötchen zu entsorgen. Cornelia hielt die Luft an, als sie sah, wie er plötzlich zögerte und sich vorbeugte.

»Das gibt's doch nicht«, sagte Boris und bewies damit, dass Luftanhalten den Gang der Ereignisse nie aufhält. Denn jetzt legte er die Brötchen beiseite und klaubte mit spitzen Fingern die kaffeebraune Zeitung aus dem Müll.

Cornelias Herz rutschte von ihrer Brust in die Füße und hüpfte dazwischen mindestens noch einmal hin und her. Jetzt fliegt alles auf, dachte sie dreimal hintereinander. Sie war nämlich abergläubisch.

»Eine Gelbe Karte und ihre Folgen«, las Boris da auch schon laut vor. »Nach einem schweren taktischen Foul an der beeindruckenden Debütantin Cornelia Nuss, 11 Jahre, aus dem Prenzlauer Berg fiel der Ausgleich durch ein Elfmeter.«

»Interessiert ihr euch jetzt etwa für Fußball?«, fragte Anne entsetzt.

Boris nickte erst und schüttelte dann den Kopf.

»Was meinst du, Cornelia«, sagte er zu seiner Tochter, »wie hoch ist die Wahrscheinlichkeit,

dass es im Prenzlauer Berg ein zweites elfjähriges Mädchen mit deinem Namen gibt?«
Wahrscheinlichkeitsrechnung war nämlich sein Spezialgebiet.
Cornelia starrte unverwandt auf die hässlich braun gefärbte Zeitung in seiner Hand und sagte nichts. Aber das war auch nicht nötig.
»Die Wahrscheinlichkeit geht gegen null«, beantwortete ihr Vater seine Frage selbst und sah sie dabei nachdenklich an. »Das ist so wahrscheinlich wie ein Sechser im Lotto.«
Da ließ Cornelia ihren Teller fallen.
Das ist also das Ende, dachte sie.

Aber vor jedem Ende steht ein Anfang. Und am Anfang dieser Geschichte fiel auch ein Teller – genau drei Jahre vor Cornelias Geburt.
Dieser Teller hatte dazu geführt, dass Anne und Boris sich während ihrer Studienzeit kennenlernten. Boris stand in der Mensa und berechnete gerade, dass dort jeder hundertsechsunddreißigste Teller mit einer hohen Wahrscheinlichkeit auf dem Boden landen müsste. Und deswegen freute er sich, als ihm dann wirklich der hundertsechsunddreißigste Teller direkt auf die Füße fiel.

Es hatte Anne erstaunt, dass Boris sie anlächelte, anstatt zu toben. Immerhin hatte sie seine Hosen und Schuhe ruiniert. Doch für ihn war Anne von nun an für immer mit einer gelungenen Wahrscheinlichkeitsberechnung verbunden.
Und da Anne zurücklächelte und dem heruntergeworfenen Essen wenig nachtrauerte, hätte Boris ihr am liebsten sofort einen Heiratsantrag gemacht. Aber er wusste, dass es wenig wahrscheinlich war, jetzt schon ein Ja darauf zu bekommen. Also wartete er damit noch ein bisschen.
Als Anne dann schwanger war, überlegte Boris beinahe täglich, mit welcher Wahrscheinlichkeit sie ein mathematisch oder ein literarisch begabtes Kind zur Welt bringen würde. Zur Sicherheit wählten sie einen Namen aus, der ihren beiden jeweiligen Vorlieben entsprach: Cornelia. Im alten Rom gab es zwei Frauen, die so hießen. Die eine wurde wegen ihrer Sprache gerühmt, die andere, weil sie viel von Mathematik verstand.
Als Cornelia in die Schule kam, waren ihre Eltern ziemlich überrascht, dass sie weder in Deutsch noch in Mathematik eine besondere Begabung zeigte. Ihre mittelmäßigen Noten in beiden Fächern irritierten Boris und Anne und sie kamen

zu der Überzeugung, dass bei ihrer Tochter eine Art genetischer Defekt vorliegen müsse.
Manchmal fragte sich Cornelia, ob es sich bei ihrem genetischen Defekt nicht schlicht und einfach um eine Vertauschung im Krankenhaus handelte.
Denn zu ihrer himmelschreienden Mittelmäßigkeit in Mathe und Deutsch kam hinzu, dass sie – im Gegensatz zu ihren Eltern – nicht länger als fünf Minuten stillsitzen konnte. Sie kippelte, knabberte, krabbelte, klierte und kasperte herum, zum großen Missfallen der allermeisten Menschen in ihrer Umgebung. Und als sie dann in der Schule stillsitzen *musste*, fielen ihr täglich in ziemlich kurzen Abständen Gegenstände vom Tisch. Dafür erntete sie jedes Mal empörte Blicke von ihrer Lehrerin, Frau Goldberg.
Einmal hatte Cornelia gehört, wie Frau Goldberg mit der Direktorin ihrer Grundschule über sie geredet hatte.
»Die armen Eltern«, sagte sie leise zur Direktorin, »beide so talentiert und dann dieses Kind, das ihnen so gar nicht nacheifern will.«
In solchen Momenten wünschte sich Cornelia, sie könnte ihren Charakter in einen umtauschen, der

besser zu ihren Eltern passte und ihr nicht fortwährend Ärger oder ablehnende Blicke einhandelte. Aber man konnte eben nicht in ein Kaufhaus gehen und sagen: »Guten Tag, wo ist bitte die Abteilung für Charakter?«

Dabei hatte auch Cornelia eine Begabung – nur leider gab es darauf ziemlich selten eine Note.

Sie war schnell wie der Wind.

Egal wie viel Mühe sie sich sowohl mit den Büchern als auch mit der Mathematik gegeben hatte, immer hatten ihre Füße den Rhythmus diktiert. Cornelia wollte rennen, nichts als rennen.

Das war gar nicht so einfach in einer Drei-Zimmer-Altbauwohnung und wenn man Eltern hatte, die jede sportliche Betätigung für gefährlich und manche sogar für bescheuert hielten. Also hatte sie irgendwann begonnen heimlich Runden durch ihr Viertel zu drehen. Seit Februar rannte sie beinahe täglich.

Bei einer dieser Runden hatte sie den Bolzplatz entdeckt, der ziemlich versteckt gegenüber dem Kinderspielplatz lag. Dort spielte eine Horde Jungs Fußball. Sie blieb stehen und schaute zu. Keiner sprach sie an. Die Spieler grinsten nur vielsagend in ihre Richtung. Mädchen hielt man

hier ganz selbstverständlich für Groupies. Aber das machte Cornelia nichts aus. Sie war fasziniert.
Dabei hatte sie nicht die leiseste Ahnung von Fußball. Sie fand, dass es auch gar nicht viel zu verstehen gab. Der Ball musste mit dem Fuß von der einen Seite auf die andere transportiert und dort ins Tor geschossen werden. So einfach schien ihr das. Was sie allerdings am allermeisten daran interessierte, war, dass man unaufhörlich rennen musste – rennen so schnell wie der Wind.
Eine Woche später hielten sie ihre Füße nicht länger am Rand. Als die Jungs sich zum Spiel versammelten und sich in Mannschaften aufteilten, stellte sie sich einfach auch auf den Platz.
Erst wollten die Jungs sie nicht mitspielen lassen. Die meisten starrten Cornelia mit abfälligem Grinsen an. Aber dann sagte Max, ein älterer Junge, der offensichtlich der Anführer war: »Mal sehen, ob sie was kann.«
Also rannte Cornelia. Auf dem Platz. Mit den Jungs. Und immer mit dem Ball.
Offensichtlich konnte sie tatsächlich was, denn am Ende ihres ersten Fußballspiels erklärte Max: »Wenn du weiter mitspielen willst, brauchst du richtige Stollenschuhe und andere Klamotten …«

Cornelia sah an sich herunter. Sie hatte ihre Chucks, abgeschnittene Jeans und ein ausgewaschenes T-Shirt an.
Wieder grinsten ein paar Jungs.
Cornelia schluckte. Hier war es also auch nicht anders als in der Schule, wo sich die meisten über sie lustig machten, weil sie einen doofen Namen hatte, nie die angesagten Sachen trug und die wirklich coolen Sendungen im Fernsehen nicht kannte.
Nur Lotte hatte immer zu ihr gehalten.
Aber auch auf dem Bolzplatz gab es jemanden, der sich um das, was angesagt war, nicht scherte. Er kam auf sie zu, lächelte und sagte: »Ich bin Tom.«
»Ich bin Nelly«, antwortete sie und wurde so tomatenrot wie ihre langen dünnen Haare. Gerade so, als würde Tom ihr die grässliche Cornelia irgendwie ansehen.
Für ihre Freunde war Cornelia nämlich schon lange Nelly.
Allerdings hatte sie nicht viele Freunde. Genauer gesagt hatte sie nur eine einzige Freundin: Lotte.
Doch offensichtlich konnte Tom auch bei näherem Betrachten nichts Schreckliches an ihr finden.
Im Gegenteil. Er fragte sie sogar, ob sie ein Stück zusammen gehen wollten.

Das fand Nelly zwar ziemlich nett, aber es kam leider überhaupt nicht in Frage. Tom sah einfach zu sehr wie ein waschechter Fußballer aus. Nicht auszudenken, wenn sie Anne und Boris begegneten. Andererseits war es wenig wahrscheinlich, dass ihre Eltern um diese Zeit schon nach Hause kamen. Und es war wirklich schön, nicht alleine zu gehen.

Auf dem Weg erzählte Tom Nelly jede Menge Fußballgeschichten, denn er liebte das Spiel und kannte jeden Fußballstar – Beckenbauer, Klose, Maradona, Ballack, Müller und wie sie alle hießen.

Nelly war still, aber sie hörte ihm fasziniert zu. Es war aufregend, es war spannend, es war eine neue Welt.

»Vergiss die Stollenschuhe nicht«, sagte Tom zum Abschied vor ihrem Haus und winkte ihr noch einmal zu, bevor er nach sechshundertvier Metern um die Ecke verschwand.

ZWEI:
Egal wie weit der Weg ist, man muss den ersten Schritt tun

Zum Glück hatte Nelly schon vor langer Zeit beschlossen, dass es auch Kindern erlaubt war, Geheimnisse zu haben.

Aber Geheimnisse haben ihren Preis. Und Nelly lernte nun, dass das mit dem Preis manchmal wortwörtlich stimmte: Geheimnisse konnten nämlich ziemlich teuer sein.

In dem schicken Kinderschuhgeschäft bei ihr um die Ecke gab es keine Stollenschuhe in ihrer Größe. Natürlich konnten die ganz leicht bestellt werden. Nelly fehlte nur das nötige Geld. Zwar war ihr rosa Sparschwein Rudi schon ziemlich voll, aber für die Schuhe reichte es trotzdem nicht.

Nelly brauchte noch siebenundzwanzig Euro und vierunddreißig Cent. Sie bekam jede Woche zwei Euro Taschengeld. Also konnte sie die Schuhe erst in vierzehn Wochen kaufen. Doch in vierzehn

Wochen fingen schon die Sommerferien an. Danach würde Nelly von der Grundschule in eine naturwissenschaftlich orientierte Schule wechseln. Und wenn ihre Deutsch- und Matheleistungen weiterhin so deprimierend blieben, dann hätte sie vor lauter Üben nie mehr Zeit für den Bolzplatz haben. Nie mehr!

Nelly schluckte. Sie brauchte die Schuhe und darum brauchte sie das Geld. Auf der Stelle. Um jeden Preis.

Leider sah Nelly nicht viele Möglichkeiten, es sich schnell zu beschaffen. Und nachdem ihre Eltern eine gesammelte Taschengeldauszahlung für die nächsten vierzehn Wochen einfach abgelehnt hatten, blieb ihr genau genommen nur eine einzige.

Boris trug sein Portemonnaie immer bei sich, aber Anne wechselte beinahe täglich den Aufbewahrungsort. Ihr Portemonnaie wanderte von der grünen Tasche in die rote, von der roten in die schwarze. Und dazwischen war es mit schöner Regelmäßigkeit verschwunden. Dann lief Anne meist hektisch durch die Wohnung, suchte und jammerte, dass sie deshalb zu spät zu ihrem Termin kommen würde.

Bisher hatte Nelly sich immer mehr oder weniger lustlos an ihrer Suche beteiligt. Jetzt investierte sie dafür einige Zeit und viel Spürsinn.
Und noch am selben Nachmittag marschierte sie zum Schuhgeschäft. Bis zum Laden waren es nur dreihundertvierzig Meter, aber als sie dort ankam, klopfte ihr Herz, als hätte sie einen ihrer schnellsten Sprints hingelegt. Bei der Schuhbestellung schielte Nelly ängstlich zu der Verkäuferin, weil sie glaubte, dass die ihren flatternden Herzschlag auf jeden Fall hören musste. Aber zum Glück schien die Frau, was Herzklopfen betraf, vollständig taub zu sein.
Abends fand Anne ihr Portemonnaie wieder. Auch wenn sie schusslig bis zur Unzurechnungsfähigkeit war, bemerkte sie das fehlende Geld. Und sie wunderte sich, dass genau die Summe, um die Nelly sie am Vortag gebeten hatte, verschwunden war.
»Ein sehr unwahrscheinlicher Zufall«, zitierte sie einen von Boris' Lieblingssätzen.
Nellys Herz glich jetzt einem Hämmerwerk und ihre Stimme versagte beinahe, als sie beteuerte sich so einen Diebstahl nicht einmal im Traum vorstellen zu können. Und tatsächlich war das nichts als die Wahrheit.

Jedenfalls bis zu dem Moment, als sie das Geld aus dem Portemonnaie genommen hatte.
Anne sah Nelly prüfend an. »Hast du dir die Haare abgeschnitten?«, fragte sie unvermittelt.
Nelly nickte. Nach der Schuhbestellung hatte sie ihre Haarlänge der der Jungs angepasst. Selbst und kurz entschlossen vor dem Badspiegel.
»Ich glaube dir. Aber dreißig fehlende Euro sind eine ernste Sache.« Mit einem letzten langen Blick verließ sie das Zimmer.
Nelly wusste, dass ihre Mutter Recht hatte. Ihr war ein bisschen übel. Ihre Geheimnisse wurden immer größer und schwerer. Aber solange sie dadurch die Chance bekam, Fußball zu spielen, musste sie das aushalten.
Sie schwor sich, ihrer Mutter das Geld wiederzugeben, sobald sie genügend Taschengeld zusammengespart hatte. Und nach den Sommerferien würde sie ihre Nachmittage zwischen Deutsch- und Matheheften verbringen, so wie ihre Eltern es sich wünschten.
Geheimnisse waren nicht nur teuer, man ging wegen ihnen auch ziemlich langwierige Verpflichtungen ein.

Als Nelly ein paar Tage später nach der Schule die Stollenschuhe abholte, klopfte ihr Herz schon wieder rasend schnell. Danach fühlte sie sich erschöpfter als nach ihrem 1300-Meter-Morgen-Schnellsprint zur Schule.
Ihr Herz beruhigte sich erst wieder, als sie die Schuhe zu Hause auspackte und ihren intensiven Geruch nach Leder und ein bisschen nach Plastik einsog. Die Schuhe schlossen sich passgenau um ihre Füße, und als sie damit durchs Zimmer ging, klackerten sie auf dem Dielenboden einen eigenwilligen Takt.
Wenn sie ihre Neuerwerbung nicht gleich wieder auszog, würde Frau Hinnenthal, die Nachbarin von unten, bestimmt demnächst vor der Tür stehen.
Sie packte die Schuhe in ihren Turnbeutel. Dann schmierte sie die Hausaufgaben in die Hefte und rannte wenig später endlich die tausendfünfundzwanzig Meter zum Bolzplatz. Mit den neuen Schuhen würde sie richtig mitspielen können!
Doch Nelly irrte sich. Das Spiel ging los und sie rannte zwischen den Toren hin und her, ohne auch nur einmal in Ballkontakt zu kommen. Niemand beachtete sie, niemand spielte ihr den Ball

zu oder rief wenigstens ihren Namen. Wie auch. Es wusste ja keiner, wie sie hieß – außer Tom. War sie denn aus Luft?

Nelly gab sich Mühe, ihre stetig wachsende Enttäuschung runterzuschlucken, und rannte tapfer weiter von einem Tor zum anderen. Es hatte zu regnen begonnen und die Energie der Jungs erlahmte langsam.

Doch dann ging der Ball ins Aus und Tom holte ihn. Er stellte sich an die Seitenlinie, hob ihn mit beiden Händen über den Kopf, rief laut »Nelly« und zielte direkt auf sie.

Nellys Herz hüpfte. Das war ihre Chance!

Sie drückte die Stollen in den aufgeweichten roten Sandboden und rannte. Sie gab den Ball nicht ab. Nicht an Tom, nicht an Max und auch nicht an die anderen aus ihrer Mannschaft. Sie hatte das Gefühl, einen persönlichen Rekord aufzustellen. So schnell war sie noch nie am anderen Ende des Spielfeldes gewesen.

Im gegnerischen Tor stand ein dicker Junge, der Nelly wahrscheinlich zum ersten Mal wirklich wahrnahm. Wie ein aufgescheuchter Vogel flog sie auf ihn zu, ihr zu weites T-Shirt flatterte. Der Torwart sah diesem seltsamen Mädchen verwun-

dert entgegen und achtete darum einen Moment lang nicht auf den Ball. Und schon flutschte er ihm direkt am Bein vorbei und ging links an den Pfosten.
Jetzt wachte der Torwart auf und wollte retten, was nicht mehr zu retten war. Er sprang auf den Pfosten zu. Aber der Ball war schon abgeprallt und ging über die Torlinie. Stattdessen schlug der Kopf des Jungen an das harte Aluminium. Und Sekunden später rutschte Nelly, die auf dem aufgeweichten Boden ihren Schwung nicht mehr bremsen konnte, voll auf ihn drauf.
Das Tor schepperte und zitterte.
Alle anderen hatten aufgehört zu rennen. Fassungslos starrten sie auf den Ball und auf das Nelly-Torwart-Knäuel.
Als Nelly sich mühsam aufgerappelt hatte, hielt sie dem Torwart die Hand hin und half ihm hoch. Dann erst fiel ihr Blick auf den Ball, der im Netz lag. Sie sah sich fragend um. Normalerweise wurde hier gejubelt, wenn ein Tor fiel. Jetzt war alles still.
»Tor«, sagte endlich jemand. Es war Tom.
Nelly sah ihn dankbar an und dann wieder besorgt auf den Torwart.

»Das war also ein Tor«, sagte der und rieb sich den Kopf.
Was auch immer er damit meinte.
Jetzt kam Max herüber. »Genug für heute«, entschied er und beendete damit das Spiel. Dann wandte er sich dem Torwart zu. »Alles klar, Stefan?«
Der nickte.
Max warf einen Blick auf die Beule, die aussah wie ein schnell wachsender Fliegenpilz, und riet Stefan, sie zu Hause unbedingt zu kühlen. Schließlich wandte er sich Nelly zu.
»Hast du schon mal was von Abspielen gehört?«
Nelly antwortete lieber nicht.
»Fußball ist ein Teamspiel. Und man rennt nicht allein über den Platz, sondern mit einer Mannschaft. Solange du nicht Diego Maradona heißt, solltest du dir das merken.«
Jetzt ließ Nelly den Kopf ziemlich tief hängen. Doch dann kam etwas, was sie wieder aufsehen ließ.
»Aber trotzdem super Tor«, fügte Max nämlich noch hinzu und schlug ihr auf die Schulter. Kein bisschen vorsichtiger, als er das bei einem Jungen machen würde. Dann ging er vom Platz.

Die anderen Jungs machten sich auf den Weg und nickten Nelly zu. Aber sie sahen dabei nicht gerade freundlich aus. Nelly war sich sicher, dass es sich eher um ein Abschieds- als um ein anerkennendes Nicken handelte. Wieder senkte sie den Blick und rannte, so schnell sie konnte, davon.
Das war's dann mit dem Bolzplatz, dachte sie und hatte Mühe, nicht gleich auf der Straße loszuheulen.
Nelly bemerkte Tom erst, als er ihren Namen rief. Sie blieb stehen und wartete. Er keuchte, als er sie endlich eingeholt hatte.
»Jetzt wirst du den Ball bestimmt ab und an mal zugespielt bekommen«, sagte er und lächelte aufmunternd.
Nelly nickte tapfer. Es war nett von ihm, sie trösten zu wollen. Aber sie war kein Kleinkind mehr und sie hatte genau verstanden, dass außer Tom niemand mit ihr Fußball spielen wollte.
»Mach's gut«, sagte sie deshalb schnell und ließ ihn einfach im Regen stehen.
Niemand sollte sie heulen sehen. Niemand. Auch nicht Tom.

Nelly war von oben bis unten dreckig. Als sie zu Hause war, versteckte sie den Beutel mit den Fußballschuhen in dem kleinen Verschlag unten im Keller. Die Sportsachen packte sie in die Schmutzwäsche. Dann ging sie unter die Dusche.

»Wie kann man nur so viele blaue Flecken haben«, sagte ihre Mutter, als Nelly wenig später in ihr Zimmer tappte. Sie betrachtete entsetzt Nellys Beine, die von oben bis unten voller Kratzer waren.

»Ich bin beim Sport hingefallen«, erklärte Nelly und log damit nicht einmal.

Anne nickte. Das bestätigte mal wieder ihre Auffassung von der Gefährlichkeit dieses Unterrichtsfaches.

»Mein armer Liebling«, sagte sie und streichelte ihrer Tochter kurz über den Kopf.

Da klingelte es. Anne ging zur Tür.

Mit hochgezogenen Augenbrauen stand sie wenige Augenblicke später wieder im Zimmer. »Da ist jemand, der eine Nelly sprechen will. Kann es sein, dass er dich meint? Er sieht aus wie ein Sportler!«

Anne war in ihren norddeutschen Akzent verfallen und hatte das Sp getrennt ausgesprochen. Das

passierte nur, wenn sie genervt, aufgeregt oder erstaunt war.
Bisher war Lotte nämlich die Einzige gewesen, die Nelly je besucht hatte. Allerdings kam sie schon länger nicht mehr vorbei und ihre Mutter hatte erst kürzlich besorgt gefragt, ob sie sich gestritten hatten.
»Ist alles in Ordnung mit uns«, hatte Nelly geantwortet. Obwohl das nicht stimmte.
Denn das war noch eins von Nellys Geheimnissen. Ihre Eltern hatten keine Ahnung, dass Lotte schon in den Februarferien nach München gezogen war. Und zwischen Berlin und München lagen fünfhundertachtundachtzig Kilometer. Die konnte man nicht an einem Nachmittag bewältigen. Auch nicht, wenn man so schnell rannte wie Nelly.
Das Einzige, was Nelly von Lotte geblieben war, war ein Alibi. Immer wenn sie ihre Runden rannte, bereitete sie offiziell mit Lotte Referate vor. Referate in Mathe, in Deutsch und in allen anderen Fächern. Am Anfang hatte sie noch geglaubt, dass sich ihre Eltern irgendwann bei Frau Goldberg beschweren würden. Aber Anne und Boris schienen die vielen Referate ganz normal zu

finden. Und dass sich ihre Leistungen nicht verbesserten, auch.
Jetzt stand jemand für sie vor der Tür. Ein Junge, der sie Nelly nannte! Und als wäre das nicht schon eine kleine Sensation, war er auch noch ein Sportler.
Nelly schluckte. Hatte sie Tom vorhin nicht deutlich genug gezeigt, dass sie sehr gut alleine klarkam?
Nelly zog sich fertig an und ging an die Tür. Als sie sah, wer dort stand, hätte auch sie beinahe mit norddeutschem Akzent gesprochen. Zum Glück beherrschte sie den gar nicht.
Seine Fußballklamotten waren feucht, schmutzig und rochen nach Schweiß. »Ich muss mit dir reden«, sagte er und sah erst Nelly und dann ihre Mutter verwundert an, weil ihn beide musterten wie eine längst ausgestorbene Tierart.
Nelly fiel nicht einmal eine Begrüßung ein. Also sagte sie gar nichts und führte Max wortlos in ihr Zimmer.

DREI:
Die Talenthypothese

Auch Max, der Kapitän des Bolzplatz-Teams, machte nicht viele Worte. Er wollte sich nicht einmal setzen.
Am Ende lief es auf Folgendes hinaus: Eigentlich hielt er nichts von Mädchen. Schon gar nichts von Mädchen, die auf dem Bolzplatz mit den Jungs Fußball spielen wollten. Aber bei Nelly hatte er etwas gesehen, die zwei Male, die sie dabei gewesen war.
An dieser Stelle räusperte er sich und schaute auf den Boden.
Nelly fragte sich, was in aller Welt man gerade bei ihr sehen konnte, und betrachtete ebenfalls den Boden.
Schließlich hob Max den Kopf. »Du hast Talent.«
Vielleicht sollte ich mal wieder Staub wischen, dachte Nelly.

In ihrem Zimmer sah es immer blitzsauber aus, im Gegensatz zum Rest der Wohnung. Ihre Eltern waren ziemlich chaotisch. Immer lag irgendwo etwas herum. Noch ein Grund für Nelly zu glauben, dass sie bei der Geburt vertauscht worden war.

»Hörst du mir überhaupt zu?«, fragte Max ein bisschen genervt.

»Du hast gesagt, dass ich Talent habe«, wiederholte Nelly.

»Talent, aber keine Ahnung von Fußball«, sagte Max und grinste.

Dann bot er Nelly an, mit ihr zu trainieren. Ernsthaft und umfassend. Lauftraining, Dribbling, Kopfball, Passen, Zweikampf, Tricks, Taktik und mehr.

»Lauftraining mach ich schon.«

»Aber wahrscheinlich ohne Warm-up und Stretching.«

Nelly nickte. Konnte sein. Sie lief halt ihre Runden.

»Zeig mal deinen Stundenplan.«

Nelly ging zur Pinnwand, hängte den Plan ab und gab ihn Max, der ihn eine Weile aufmerksam betrachtete.

»Ich hol dich morgen um drei von der Schule ab, okay?«
Nelly schwieg.
Das war alles ein bisschen viel auf einmal. Außerdem gab es da immer noch das Problem mit ihren Eltern sowie ihre deprimierenden Noten in Mathe und Deutsch. Und gar nicht auszudenken, was die aus ihrer Klasse zu einem wie Max sagen würden.
Während ihr das durch den Kopf ging, sah Nelly Max genauer an. Ohne dass sie sagen konnte, warum, wusste sie, dass er gut aussah. Wirklich gut. Er war älter – vielleicht schon sechzehn –, bestimmt zwei Köpfe größer als sie, hatte dunkles, lockiges Haar und ein paar Sommersprossen. Etwa fünfundzwanzig auf der linken und ein paar mehr auf der rechten Wange, zählte Nelly blitzschnell. Mit einem Jungen, der so aussah, gesehen zu werden würde Nelly viel mehr Hohn und Gelächter einbringen, als wenn er ein gleichaltriger, Zahnspange tragender, zwergwüchsiger Lispler gewesen wäre.
Max schien das Unausgesprochene zu spüren. »Oder willst du nicht?«
»Ich ruf dich heute Abend an und sag dir Bescheid.«

Jetzt sah Max ziemlich enttäuscht aus.
»Ich hab das noch niemandem angeboten«, presste er zwischen zusammengebissenen Zähnen hervor. *Erst recht nicht einem Mädchen*, verschluckte er lieber. Für seine Verhältnisse hatte er schon viel zu viel gesagt.
»Ich ruf dich heute Abend an«, wiederholte Nelly stur.
Und Max schien zu verstehen, dass er bei diesem komischen Mädchen im Augenblick nicht mehr erreichen konnte. Er nickte ihr kurz zu und ging.
Als Max weg war, blieb Nelly noch lange nachdenklich in ihrem Zimmer stehen. Dabei klopfte sie nervös mit dem Fuß auf den Boden. Dann ging sie zur Tür. Sie brauchte dringend einen Rat.
Nelly schaute ins Wohnzimmer. Ihre Mutter hatte einen riesigen Berg Manuskriptblätter vor sich aufgetürmt und ihre Auf-keinen-Fall-stören-Miene aufgesetzt. Offenbar hatte sie Max vor der Tür, Max in Nellys Zimmer und Max wieder draußen schon längst vergessen.
Daran wollte Nelly lieber nichts ändern.
Ihr Vater saß vor einem seiner drei Computer im Arbeitszimmer. Jede Wand war mit vollgestopften Bücherregalen zugestellt. Auch auf dem Schreib-

tisch stapelten sich Bücher, Ordner und haufenweise Papier.
»Darf ich reinkommen?«, musste Nelly dreimal fragen, ehe ihr Vater sie überhaupt bemerkte.
»Klar. Ein paar Minuten habe ich Zeit«, sagte er und starrte weiterhin wie gebannt auf den formelübersäten Monitor. Seine dichten Haare standen kreuz und quer in alle Richtungen, ein Zeichen dafür, dass er einem besonders schwierigen Problem auf der Spur war.
»Ich habe eine Frage. Es ist wichtig. Eigentlich sogar dringend.«
Jetzt drehte sich Boris doch zu seiner Tochter um. So kannte er sie gar nicht.
Nelly, die seinen prüfenden Blick bemerkte, stockte, fuhr dann aber fort: »Wenn dir jemand die Gelegenheit bieten würde, etwas auszuprobieren, was du eigentlich gerne ausprobieren möchtest, du dir aber nicht sicher bist, ob es das Richtige für dich ist, was würdest du tun?«
Boris sah Nelly nachdenklich an. »Kann es sein, dass du nicht wirklich über mich sprichst?« Als sie nicht antwortete, fragte er: »Und es geht dabei um nichts, bei dem Eltern für ihre Kinder haften müssen?«

Nelly schüttelte den Kopf.
»In Ordnung.« Er überlegte kurz und sagte dann: »Überprüfe deine Hypothese.«
Nelly verstand nicht, was er damit meinte.
»Das bedeutet«, sagte Boris nachsichtig, »dass du einfach ausprobieren solltest, ob es das Richtige für dich ist.« Er lächelte sie kurz an, dann wandte er sich wieder seinen Formeln zu.
Nelly ging zurück in ihr Zimmer. Auch sie lächelte und war froh über Boris' Ratschlag. Vor Freude hätte sie am liebsten einen Luftsprung gemacht. Aber den Ärger mit Frau Hinnenthal hob sie sich besser für einen anderen Augenblick auf.
Stattdessen rief sie Max an.
Als sie wieder auflegte, ahnte Nelly, dass sie jetzt ganz am Anfang von etwas Großem stand. Vor ihr lag ein riesiger Berg Arbeit, das hatte ihr Max ganz eindeutig klargemacht. Jemand anders hätte das wahrscheinlich eingeschüchtert. Nicht aber Nelly. Sie fand, dass sich das ganz wunderbar anfühlte.
Bisher hatte sie nämlich vergeblich nach einem Anfang für sich gesucht.

Sollte Nelly jemals ein Lotterleben gehabt haben, dann war es damit ein für alle Mal vorbei. Ihre täglichen Runden waren ein Klacks im Vergleich zu dem, was ihr Max abverlangte. Aber schlimm war nur der Moment gewesen, als in der Schule bekannt geworden war, dass Cornelia Nuss aus der 6a sich Nelly nannte und sich mit einem älteren, gut aussehenden Jungen traf.

Max war gekommen, um sie abzuholen, und hatte auf dem Schulhof nach Nelly gefragt. Niemand kannte eine Nelly. Er wollte gerade wieder gehen, als sie aus dem Schulgebäude gerannt kam.

»Da bist du ja«, hatte Max lediglich gesagt und sie eine Sekunde länger als sonst angesehen.

Nelly brauchte nicht viel Fantasie, um zu wissen, dass hinter ihr die halbe Schule stand und ihnen mit aufgerissenen Mündern nachstarrte.

Erst als sie auf dem Bolzplatz waren und Nelly ihre Fußballschuhe anzog, stellte Max ihr die unvermeidliche Frage: »Wie heißt du eigentlich wirklich?«

Nelly zuckte zusammen, als hätte er sie auf die fehlenden dreißig Euro im Portemonnaie ihrer Mutter angesprochen. Sie hatte einen riesigen Frosch im Hals, der jede Antwort verhinderte.

Max sah sie mit gekräuselter Stirn an. »Ich heiße Maximilian Rost. Hab ich mir nicht selber ausgesucht«, fügte er noch schnell hinzu.

»Cornelia Nuss«, gestand Nelly jetzt leise und sah Max dabei aufmerksam an. Aber er grinste nicht.

»Okay. Vergessen wir das«, sagte er lediglich. »Jetzt wird trainiert.«

Und das taten sie dann auch so lange, bis Nelly völlig verschwitzt und außer Atem war. Es war anstrengend, aber es machte auch Spaß. Und sie war gar nicht schlecht.

Aber dann wollte Max, dass sie ein paar Elfmeter versuchte, und hatte damit offensichtlich genau ihre Schwachstelle getroffen.

Obwohl das Tor groß war, fiel es ihr schwer, den Ball so zu schießen, dass er auch wirklich hineinging. Sie war wie ein offenes Buch für Max. Er schien immer zu erraten, wohin sie zielte, und allein schon deshalb hielt er jeden Ball. Außerdem waren ihre Schüsse nicht besonders stark. Und wenn Max sie scharf ansah, dann klappte es gar nicht mehr.

Beim vierunddreißigsten gehaltenen Ball standen Nelly die Tränen in den Augen. Sie hatte sich vorgenommen Max nie darum zu bitten, dass sie vorzeitig aufhörten, aber nach so vielen Fehlschüssen konnte sie einfach nicht mehr. Sie beendeten das Training und Nelly schleppte sich stöhnend nach Hause.

Doch sie kam wieder und sie wurde besser, je mehr sie übte. Und sie musste Max nicht noch einmal bitten abzubrechen. Nur das Elfmeterschießen blieb nach wie vor ein rotes Tuch für Nelly.

Seit Nelly mit Max trainierte, verstand sie sich auch mit den anderen Jungs vom Bolzplatz. Am liebsten mochte sie aber Tom.

Manchmal setzten sie sich nach dem Fußball sogar noch zusammen in den Eisladen vor Nellys Haus. Inzwischen hatten sie sich jede Menge zu erzählen, verlegene Pausen gab es nicht. Sie redeten über ihre Bolzplatzspiele, über die verpassten Pässe, ein verpatztes Abspiel, das Foul von Phillip gegen Cem, die sagenhaften Stollenschuhe, mit denen man jeden Torschuss garantiert verwandelte, und über Nellys neuen Hundertmeterrekord: 16,4 Sekunden. Dazu gratulierte ihr Tom mit strahlenden Augen.

Nelly war gerade dabei, ihm ein ganz kleines bisschen von Lotte zu erzählen, als Daria in den Eisladen spazierte.
Daria ging in Nellys Klasse. Sie war dort das beliebteste Mädchen. Und sie war das komplette Gegenteil von Nelly.
Nelly hatte sich schon bei dem Gedanken erwischt, dass Daria diejenige war, mit der die Ärzte sie vor elf Jahren im Krankenhaus vertauscht hatten. Und das war nicht einfach nur ein Gedanke, sie hatte dafür auch ein paar stichhaltige Indizien: Obwohl Daria beinahe einen Kopf größer als Nelly war, hatten sie am selben Tag Geburtstag und sie waren im gleichen Krankenhaus zur Welt gekommen. Jetzt gingen sie in dieselbe Klasse. Aber im Unterschied zu Nelly war Daria Klassenbeste mit hervorragenden Leistungen in Mathematik und Deutsch. Ihre Aufsätze wurden regelmäßig in der Schülerzeitung veröffentlicht und in der Matheolympiade holte sie Jahr für Jahr den ersten Preis. Außerdem hatte sie lockige, blonde Haare und war ziemlich hübsch.
Jeder wollte wie Daria sein, selbst Nelly, wenn sie ehrlich war.
Aber in diesem Augenblick wollte Nelly vor allem,

dass Daria verschwand. Natürlich tat sie ihr den Gefallen nicht. Stattdessen sah sie erst Nellys und dann Toms schmutziges Outfit aufmerksam an, als würde sie über ein schwieriges Problem nachdenken. Dabei drehte sie mit dem Zeigefinger eine blonde Locke ein.

»Hi, Cornelia«, sagte sie schließlich.

Tom prustete los.

»Das ist Nelly«, rief er. »Cornelia passt doch überhaupt nicht zu ihr.«

Daria sah Tom verwundert an und Nelly trat ihm wütend gegen das Schienbein. Komisch, dass ausgerechnet Daria noch nichts von ihrem anderen Namen wusste. Aber dabei hätte es nach Nellys Geschmack auch bleiben können.

»Aha«, sagte Daria und drehte sich um.

Als sie außer Hörweite war, atmete Nelly tief ein und beugte sich zu Tom, der sich das Bein rieb.

»Ich heiße wirklich Cornelia, Cornelia Nuss.«

Tom sah sie erst ziemlich erstaunt an, dann lachte er so laut und heftig, dass er sich beinahe am Eis verschluckte.

Nelly wurde knallrot und wäre am liebsten auf der Stelle aus dem Eisladen gerannt. Aber irgendetwas an Toms Lachen war ansteckend. Es griff wie ein gefräßiger Virus nach ihr und so kam es, dass Nelly zum ersten Mal seit Lottes Umzug wieder über ihren bescheuerten Namen lachen konnte.

Mit Tom konnte sie gut lachen. Mit Max hingegen war es immer ernst. Aber das machte Nelly nichts aus. Denn sie wusste, dass sie sich mit seiner Hilfe bereits ein paar Meter vom Anfang entfernt hatte.

Max trainierte sie inzwischen seit beinahe zwölf Wochen. Das waren mehr als zweiundsiebzig Tage. Nelly kannte jetzt die meisten Regeln, das Passen, das Dribbling, das Täuschen, den Kopfball. Jeder auf dem Bolzplatz wusste ihren Namen und sie musste sich keine Sorge mehr machen, dass niemand sie anspielte. Hin und wieder hatte sie sogar ein Tor geschossen.

Max konnte zwar nicht so schnell rennen wie Nelly, trotzdem war er beim Spiel oft im Ballbesitz. Er war taktisch einfach allen überlegen. Doch seit einiger Zeit fiel Nelly auf, dass Max beim Rennen mit dem rechten Bein leicht hinkte.

Bei ihrer heutigen Trainingseinheit war es besonders deutlich gewesen. Und darum hatte Nelly

wohl einen Moment zu lange auf sein Bein gestarrt.
Jedenfalls sah Max sie ziemlich sauer an und sagte: »Okay, wir hören auf. Wissen deine Eltern eigentlich, was du hier jeden Nachmittag machst?« Die Frage kam übergangslos und klang nicht gerade freundlich.
Nelly schüttelte erst den Kopf, dann nickte sie.
»Was soll das heißen?«, fragte Max barsch nach.
»Also wenn sie darüber nachdenken oder vielleicht auf das eine oder andere achten würden, dann könnten sie es so ungefähr wissen«, sagte Nelly und gab zum ersten Mal seit langer Zeit wieder ihrer abergläubischen Macke nach. »So ungefähr auf jeden Fall«, wiederholte sie nämlich noch zweimal leise.
»Sollte es da noch was zu erzählen geben, dann mach das bald. Am besten noch heute«, befahl ihr Max. »Ich stell dich nämlich morgen jemandem vor. Wir treffen uns hier. Gleich nach der Schule.«
Er nickte Nelly zu und erwartete wohl, dass sie sofort nach Hause ging und ihren Eltern sagte, was es zu sagen gab. Aber Nelly dachte gar nicht daran. Sie wollte erst wissen, wem sie vorgestellt werden sollte.

Aus irgendeinem Grund war Max heute ziemlich genervt. Alles, was er sagte, war: »Deine Tage auf diesem lausigen Bolzplatz sind gezählt. Du brauchst eine richtige Mannschaft und jemanden, der dich weiterbringt als ich.«
Und dann ließ er die verblüffte Nelly einfach stehen.

VIER:
Feuer kann man nicht in Papier einwickeln

Der Mann, der Nelly weiterbringen sollte, stand am nächsten Tag wirklich auf dem Bolzplatz. Seinen rot-blauen Trainingsanzug trug er anscheinend täglich, denn er war an Knien und Armen total ausgebeult. Schwarze, buschige Augenbrauen verliehen seinem Gesicht einen grimmigen Ausdruck. Alles in allem sah er nicht besonders freundlich aus, fand Nelly.

Die anderen Jungs dachten das wohl auch, denn sie hielten gebührenden Abstand. Aber ausgerechnet der schweigsame Max ließ sich davon nicht stören, sondern redete ohne Pause auf ihn ein.

Als er Nelly entdeckte, unterbrach er seinen Redefluss und rief sie herüber. Dann stellte er ihr den Mann vor: »Das ist Werner.«

Werner gab Nelly die Hand. Während er fest

zudrückte, sah er ihr forschend ins Gesicht. Dabei hoben sich die buschigen Augenbrauen. Anschließend schickte er die Spieler mit einem befehlsgewohnten »Dann fangt mal an« auf den Platz.

Nelly hatte in der Nacht schlecht geschlafen. Sie wusste einfach nicht genau, wie sie sich verhalten sollte.

Eigentlich gab sie immer ihr Bestes. Aber sie spielte gern auf diesem Bolzplatz, zusammen mit Tom, dem dicken Stefan, Phillip, Cem und den anderen Jungs. Und Max war ein toller Trainer. Darum hatte sie überlegt, heute einfach nicht so schnell zu rennen, wie sie eigentlich konnte. Denn dann würde alles so bleiben, wie es war.

Unruhig stellte sich Nelly auf den Platz und wartete darauf, dass Max' Eifer sie mit ins Spiel riss.

Aber ausgerechnet heute ging Max gar nicht mit auf den Platz, sondern blieb neben Werner am Rand stehen. Das irritierte alle – nicht nur Nelly – und so fing das Spiel gleich ziemlich chaotisch an und dümpelte auch im Weiteren zäh vor sich hin. Nicht ein einziges Tor fiel.

Normalerweise bestimmte Max den Rhythmus, beschleunigte oder verlangsamte das Spiel. Alle orientierten sich an ihm, egal auf welcher Seite sie spielten. Sie registrierten seine Signale, wenn er den Ball nur trieb oder mit langen Pässen den Raum eröffnete. Er war derjenige, der das Spiel zusammenhielt.

Heute hörten sie nach zwanzig Minuten einfach auf.

Werner war inzwischen gegangen. Und Max sah ziemlich frustriert aus. Er gab jedem Spieler eine kurze Beurteilung, nur Nelly ließ er aus. Wahrscheinlich hatte er sie nach diesem blamablen Auftritt einfach von seiner Liste gestrichen.

Nelly beschloss Max jetzt am besten aus dem Weg zu gehen. Es war ja klar, dass er sauer auf sie war, denn schließlich hatte er Werner extra wegen ihr hierherbestellt.

Doch als Nelly sich gerade vom Platz verdrücken wollte, rief Max sie zurück. Er wirkte immer noch frustriert.

»Das ist heute ziemlich blöd gelaufen«, sagte sie schnell entschuldigend, als sie vor ihm stand.

»*Du* bist heute ziemlich blöd gelaufen«, antwortete Max.

Erst wollte Nelly protestieren, aber dann nickte sie. Wahrscheinlich hatte er Recht.

»Du brauchst mich übrigens nicht, um gut zu

spielen«, bemerkte Max plötzlich in einem ganz anderen Tonfall. »Das hätte ich dir wahrscheinlich schon gestern sagen sollen.«
Nelly sah ihn fragend an.
»Du bist inzwischen selbst gut genug.«
Nelly zuckte bedauernd mit den Schultern. Jetzt war es dafür eh zu spät.
Aber Max war noch nicht fertig. »›Man kann Feuer nicht in Papier einwickeln‹, hat Werner gesagt, bevor er gegangen ist.«
Nelly verstand zwar nicht genau, was damit gemeint war, aber das war egal, denn Werner ließ ihr noch etwas anderes ausrichten.
»Wenn du Lust hast, sollst du am Samstag zum Tag des Mädchenfußballs kommen. Werner stellt da eine Mannschaft zusammen und hätte noch Platz für dich.«
Das klang toll. Richtig toll. Außer dass es Nelly samstags praktisch unmöglich war, unbemerkt das Haus zu verlassen.
Es sei denn, sie ging zu Lotte und bereitete einen langen Vortrag vor. Ja, das ließe sich vielleicht machen. Vielleicht.
»Ich bespreche das mit meinen Eltern, dann ruf ich dich an, okay?«

»Tu das«, sagte Max. Dann grinste er: »Du brauchst eben für alles deine Zeit, nicht?«
Nelly nickte und strahlte. Dann rannte sie wie ein geölter Blitz nach Hause. Vor lauter Aufregung bemerkte sie gar nicht, dass Daria ihr aus dem Eisladen zuwinkte. Und während sie ihren Turnbeutel mit den Stollenschuhen wie immer im Keller versteckte, überlegte sie, für welches Fach sie morgen den besonders schwierigen Vortrag vorbereiten musste. Bio war schon lange nicht mehr dran gewesen.
Als sie nach oben kam, empfing ihre Mutter sie bereits an der Wohnungstür. Sie hatte ihr schönes dunkelgrünes Kleid an und roten Lippenstift aufgetragen.
»Wo kommst du denn jetzt erst her?«, fragte sie vorwurfsvoll.
Nelly murmelte etwas Unverständliches und huschte schnell ins Bad. Sie musste noch ihr verschwitztes Oberteil loswerden!
»Wir fahren doch gleich los, zum mathematisch-literarischen Kongress«, rief Anne ihr hinterher.
Das hatte Nelly total vergessen! Dabei war es das erste Mal, dass ihre Eltern gemeinsam zu einem Kongress fuhren. Und Nelly hatte es mit ziemlich

viel Überzeugungsarbeit geschafft, dass sie alleine zu Hause bleiben durfte.
Ihr Herz hüpfte vor Freude auf und ab wie ein Gummiball. Jetzt konnte sie am Samstag das Haus problemlos verlassen. Und zwar ohne Heimlichkeiten!
Doch als Nelly wieder aus dem Bad kam, sah ihre Mutter sie verdächtig lange an. Hatte sie etwas bemerkt?
»Was macht ihr eigentlich auf dem Kongress?«, fragte Nelly schnell.
Annes Augen fingen an zu leuchten. »Wir halten Vorträge und tauschen Ideen aus. Diesmal diskutieren wir das Thema Kommunikation. Ich habe mich mit nonverbaler Kommunikation beschäftigt, also mit Mimik und äußerer Erscheinung. Zum Beispiel deine Haare. So wie du sie jetzt trägst, teilst du deiner Umwelt etwas Bestimmtes mit. Bewusst oder unbewusst.«
Nelly schluckte und schüttelte den Kopf. Irgendwie ging das Gespräch schon wieder in eine gefährliche Richtung. »Gibt es in eurem Hotel auch einen Fitnessraum?«
Ihre Mutter überlegte mit gerunzelter Stirn.
»Das weiß ich gar nicht«, sagte sie dann.

Das wunderte Nelly überhaupt nicht. Ihre Eltern waren bestimmt die einzigen Menschen in Mitteleuropa, die sich nicht dafür interessierten, in was für einem Hotel sie untergebracht waren.
Nelly fand ja, dass der Fitnessraum das Beste an einem Hotel war – mal abgesehen davon, dass sie extra jemand einstellten, der die Betten machte und einem alle Sachen hinterherräumte.
Zum Glück kam Boris jetzt nach Hause gestürmt. Er schnappte sich die Koffer und Anne gab Nelly letzte Anweisungen. Dann war es so weit.
Erst küsste Boris Nelly und anschließend Anne.
»Pass auf dich auf«, sagte sie und ihre Stimme zitterte ein bisschen. »Wir rufen gleich an, wenn wir da sind, ja? Und morgen Abend sind wir schon wieder zurück.«
Sie begann in ihrer grünen Handtasche herumzuwühlen.
Boris zog die Stirn kraus, weil er befürchtete, dass Annes Portemonnaie in der roten oder der blauen Tasche oder möglicherweise noch ganz woanders lag. Und dass das Taxi, das bereits unten wartete, gleich wegfahren würde.
Aber da hatte Anne endlich gefunden, was sie gesucht hatte. Sie reichte Nelly eine CD.

»Damit jemand bei dir ist, den ich mag. Das ist Bob Marley«, sagte sie und zeigte auf den Sänger, der auf dem Cover abgebildet war. Sie küsste Nelly noch einmal.

»Danke, Mama. Und viel Spaß euch beiden.«

Nelly musste grinsen. Es war derselbe Satz, den ihre Eltern immer sagten, wenn sie ihre angeblichen Referate vorbereiten ging.

Kaum war sie allein, rief sie Max an.

»Rost«, meldete sich ein Mann. Das war bestimmt sein Vater.

Während Nelly wartete, wäre ihr vor Aufregung beinahe der Hörer runtergefallen. Aber dann kam Max ans Telefon.

»Ich hab morgen den ganzen Tag Zeit! Und dann renn ich, so schnell ich kann«, sagte Nelly.

»In Ordnung. Ich ruf dich nachher noch mal an und sag dir, wann und wo du sein musst«, antwortete Max, wie immer kurz angebunden, und legte auf.

Doch in Nellys Ohren hatte es so geklungen, als ob er sich freute.

Jetzt konnte sie also nur noch warten. Um sich abzulenken, legte sie die CD von Anne ein.

»I can see clearly now«, sang Bob Marley und es

klang gut, wie er das sang. Nelly hüpfte ein bisschen zur Musik herum – das entspannte.
Dann klingelte das Telefon. Aufgeregt griff Nelly zum Hörer. Beruhige dich, sagte sie sich. Höchstwahrscheinlich hat Anne nur ihr Vortragsmanuskript vergessen.
Aber es war Max. »Kannst du nachmittags?«, fragte er.
Nelly nickte, bis ihr klar wurde, dass das am Telefon nicht viel brachte. »Ich kann morgen sogar den ganzen Tag!«, würgte sie eilig hervor.
Max musste lachen. »Ist schon okay. Jetzt ruh dich einfach mal aus und dann kommst du morgen um zwei in die Sportanlage Wittenau. Wenn du nicht weißt, wo das ist, hol ich dich ab.«
Nelly hatte keine Ahnung, wo diese Sportanlage war. Aber sie hatte einen Stadtplan und den Eindruck, dass es besser war, nicht zu viel von Max zu verlangen.
Sie würde auch alleine dorthin finden.

Am Samstag blieb Nelly nach dem Aufwachen erst mal liegen und sah sich in ihrem Zimmer um. Da war ihr spärlich gefülltes Bücherregal, die Puppe Johanna, der sie mit Lotte die Haare kurz geschoren hatte, ihr Wollknäuel-Ball, mit dem sie zu Hause unhörbar für alle dribbeln übte, das große Poster von Shelly-Ann Fraser, der jamaikanischen Olympiasiegerin im Sprint, und auf ihrem Nachttisch die Hülle der Bob-Marley-CD. Der Sänger sah ernst und konzentriert aus. Und trotzdem schien er glücklich zu sein mit dem, was er machte.

Irgendwann knurrte Nellys Magen so laut und unmissverständlich, dass sie schließlich doch aufstand. Sie schaltete den CD-Player an, drehte die Musik auf volle Lautstärke und wusch ihre Sportsachen. Langsam stieg Aufregung in ihr hoch. Also dribbelte sie im Takt mit der Musik den Ball durch die Wohnung. Wenn sie sich nämlich ganz aufs Dribbeln und Jonglieren konzentrierte, fiel alles Beschwerende von ihr ab.

Frau Hinnenthal klingelte an diesem Vormittag insgesamt dreimal an der Wohnungstür. Aber Nelly machte einfach nicht auf und ließ Bob Marley weiter so laut singen, wie es ihre Anlage hergab.

»Ich hör die ganze Zeit Bob Marley«, sagte sie ihren Eltern mittags am Telefon, damit sie auf ihrem Kongress unbesorgt weiterdiskutieren konnten. Hauptsache, nicht über ihre Haarlänge.

Draußen schien die Sonne. In einer Stunde musste sie in Wittenau sein. Sie packte ihre Sportsachen und ging dann los. Natürlich viel zu früh. Aber sicher war sicher.
Als Nelly an der Sportanlage ankam, hatte sich ihr Herzschlag bis in den letzten Winkel ihres Körpers ausgebreitet. Und das, obwohl sie ausnahmsweise mal keinen einzigen Meter gerannt war. Wenn sie ehrlich mit sich war, musste sie zugeben, dass sie Angst hatte.

FÜNF:
Stir it up

Nelly sah sich ein bisschen hilflos um. Da entdeckte sie Max. Er stand am Rand des größten Spielfeldes und starrte auf den Rasen. Als sie sich neben ihn stellte, zuckte er zusammen.

Er blickte auf und sagte: »Hallo.« Dann sah er Nelly genauer an und grinste. »Versuch mal ganz gleichmäßig zu atmen. Sonst bist du schon fertig, ehe das Spiel anfängt.«

Max hatte gut reden. Er war ja nicht derjenige, der heute geprüft wurde und dabei vielleicht jämmerlich versagte.

Inzwischen trudelten mehr und mehr Mädchen in der Sportanlage ein. Sie schienen aus aller Welt hierher zum Fußballspielen gekommen zu sein. Es gab dunkelhäutige Mädchen, asiatische Mädchen und auch eines mit Kopftuch. Nelly hatte noch nie so viele Fußballspielerinnen auf einem Haufen gesehen. Tatsächlich hatte sie bisher nur eine

einzige Spielerin gesehen. Und zwar in ihrem Spiegel.
Die meisten kannten sich offensichtlich, denn sie standen zusammen, quatschten und lachten.
Für Nelly interessierte sich niemand. Niemand begrüßte sie. Niemand freute sich sie zu sehen. Sie gehörte einfach nicht dazu. Nelly war froh, dass wenigstens Max neben ihr stand.
Der gab ihr jetzt letzte Anweisungen.
»Das wird heute nicht einfach für dich. Du hast noch nie mit einem Schiedsrichter gespielt. Egal was er sagt, er hat Recht. Diskutier nicht mit ihm«, sagte er und nickte Nelly zu. »Du spielst auf dem Kleinfeld, bei deiner Kondition also ein Klacks. Aber das ist Kunstrasen, deine Stollenschuhe brauchst du da nicht. Versuch nicht auszurutschen. Du könntest dich verletzen. Und halte ständig Blickkontakt mit den Mädchen aus deiner Mannschaft. Sei bereit für den Ball. Du schaffst das schon.«
Nelly nickte und überlegte dabei, dass sie Max noch nie so viele Worte auf einmal hatte sagen hören.
Da kam Werner in seinem blau-roten Trainingsanzug auf sie zu. Nelly wollte gerade eine Erklä-

rung stammeln, warum sie gestern auf dem Bolzplatz nicht ihr Bestes gegeben hatte, doch er schnitt ihr mit einer kurzen Handbewegung das Wort ab.

»Umziehen und dann auf Feld vier«, sagte er nur und warf Nelly ein Trikot zu.

Sie hatte die Nummer 13. Nelly fand, dass das nicht gerade ein gutes Omen war.

Nachdem sie sich umgezogen hatte, stellte Werner sie den anderen Mädchen aus ihrer Mannschaft vor. »Das ist Nelly. Max sagt, sie hat Talent.«

Nelly blickte verlegen zu Boden. Sie hätte auch so bald nicht wieder nach oben gesehen, wenn der Trainer ihr nicht weitere Anweisungen gegeben hätte.

»Du spielst fürs Erste hinten, in der Abwehr«, sagte er. Dann wandte er sich an alle. »Wir haben noch zwanzig Minuten. Warm machen. Zu zweit. Bälle zuspielen. Nehmt Nelly dazu. Los. Los. Los. Keine Lethargie, Mädels!«

Die Mädchen begannen sofort über den Platz zu rennen.

Als der Schiedsrichter kam, stellten sich die beiden Mannschaften auf. Die Kapitäne gaben sich

die Hand und warfen die Münze zur Verteilung der Spielfelder.
Bevor es losging, nickte Werner ihnen noch einmal aufmunternd zu. Er lächelte zwar nicht gerade, aber er sah zumindest freundlich aus.
Damit war es ein paar Minuten später vorbei. Nervös lief er am Spielfeldrand auf und ab, gestikulierte wild mit den Armen und rief immer wieder Anweisungen ins Feld. »Spielt präzise. Auf den Fuß. Lasst sie nicht aufbauen. Macht den Raum frei. Nicht mit dem Ball laufen. Durchfließen lassen. Mitrennen. Standards abrufen. Hopp. Hopp. Hopp!«
Aber das Spiel war wie verhext. Es wollte einfach nicht in Gang kommen.
Nelly rannte und rannte, versuchte aktiv dabei zu sein und sich den Ball zu schnappen oder wenigstens die unaufhörlichen Angriffe der anderen zu stoppen. Aber der Ball lief nicht über den Rasen oder er kam nicht punktgenau an. Und ihre Gegenspielerinnen waren immer ein bisschen besser, immer ein bisschen schneller und immer ein bisschen überlegener.
Außerdem kam Nelly mit ihrer Mannschaft nicht zurecht. Es war wie ihr erstes Mal auf dem Bolz-

platz. Sie war dabei und doch nicht dabei. Sie rannte, aber umsonst. Sie hatte einen Namen, aber niemand rief sie. Und die Zeichen, die sich die Mädchen hin und wieder gaben, waren wie eine Sprache, die Nelly nicht verstand.

Als das erste Tor der gegnerischen Mannschaft fiel, fühlte Nelly sich mit einem Schlag sehr müde. Es kam ihr so vor, als ob alle anderen Mädchen sie anstarrten und ihr die Schuld dafür gaben.

Nelly seufzte erschöpft. Sie hatten ja Recht. Die Abwehr hatte nicht funktioniert und Nelly war ein Teil davon.

In der Halbzeit versammelten sich die Spielerinnen um ihren Trainer.

»Das Einzige, was sich in der ersten Hälfte bewegt hat, war der Wind!«, polterte Werner. Dann verlangte er mehr Zugkraft, mehr Torgefährlichkeit und eine funktionierende Abwehrkette sowieso.

Wieder glaubte Nelly, dass die Mädchen sie anstarrten. Und der Trainer ebenfalls. Ihr kam der erschreckende Gedanke, dass sie gerade dabei war, einmal mehr eine wichtige Chance zu verspielen.

Als der Anpfiff für die zweite Halbzeit kam, ver-

suchte Nelly alles zu beherzigen, was Werner ihnen mit ins Spiel gegeben hatte.
Sie rannte noch schneller, sie versuchte den anderen immer einen Schritt voraus zu sein – aber sie landete meist genau da, wo gar nichts passierte. Und wenn sie doch einmal an den Ball kam, wurde sie von einem großen Mädchen aus der anderen Mannschaft gestoppt. Sie hatte Rastalocken, die Nelly an Bob Marley erinnerten, und blieb immer dicht an Nelly dran. Einmal stieß sie ihr sogar schmerzhaft den Ellenbogen in die Seite.
»Her mit dem Ding, Karottenkopf«, zischte sie, als Nelly endlich wieder am Ball war, und versuchte an ihr vorbeizuziehen.
Nelly war so gekränkt, dass sie einen Moment nicht aufpasste, und genau darauf hatte ihre Gegnerin gebaut. Sie nahm ihr den Ball ab.
»Los, Marcia, lauf«, feuerten die Mädchen aus ihrer Mannschaft sie an.
Und Marcia lief. Mit ihren langen, sehnigen Beinen spurtete sie über den Platz in Richtung Tor. Ihre Rastalocken wippten im Wind.
»Mist«, brüllte eine Spielerin aus Nellys Mannschaft, an der Marcia vorbeizog.

Mist, Mist, Mist, dachte auch Nelly und lief los, als gälte es ihr Leben. Sie musste Marcia aufhalten!
Die war jetzt schon fast vorm Tor und Nelly konnte deutlich sehen, wie ihr ganzer Körper sich auf den bevorstehenden Schuss vorbereitete. Aber kurz bevor sie so weit war, erreichte Nelly sie und holte ihr mit einer schnellen Bewegung den Ball vom Fuß.
Marcia sah sie verblüfft an, aber Nelly rannte bereits, als sei der Teufel oder ihre Mathelehrerin hinter ihr her.
Sie sah sich nicht um, ob Marcia ihr folgte. Sie achtete nicht auf die anderen Spielerinnen, sie vergaß abzugeben. Sie rannte einfach, ohne nachzudenken, den Ball immer am Fuß. Plötzlich stand sie allein vor dem gegnerischen Tor und der Weg war frei.
Das war ihre Chance. Die Chance auf ein Tor!
Aber noch ehe sie schießen konnte, hatte Marcia sie erreicht und grätschte ihr so hart zwischen die Beine, dass Nelly umknickte und mit voller Wucht zu Boden fiel.
Nelly schrie vor Schmerz laut auf. Jetzt verstand sie, was Max vorhin gemeint hatte, als er sie vor

dem Kunstrasen warnte. Darunter war blanker Zement.
Der Schiedsrichter pfiff, unterbrach das Spiel und kam trotz seiner Körperfülle erstaunlich schnell zu ihnen gelaufen.
Nelly lag regungslos da und überlegte, ob sie jemals wieder aufstehen konnte. Schließlich half ihr ein Mädchen aus ihrer Mannschaft hoch und lächelte sie an.
»Super gerannt«, sagte sie und Nelly erinnerte sich an ihren Namen: Jette.
Auch Jette spielte heute zum ersten Mal in einer Mädchenmannschaft, hatte Werner vor dem Spiel erklärt.
»Taktisches Foul im Strafraum«, entschied der Schiedsrichter und gab einen Elfmeter für Nellys Mannschaft.
Marcia funkelte Nelly wütend an. Sie ballte die Faust und es sah aus, als würde sie gleich auf Nelly losgehen. Da griff der Schiedsrichter in seine Hemdtasche und zog die Gelbe Karte heraus. Marcia schnaubte. Sie hatte Mühe, ihren Zorn über diese Entscheidung im Zaum zu halten.
Nelly wurde ganz flau im Magen. Sie wandte sich ab.

Da tippte ihr jemand auf die Schulter. Es war Betty, ein anderes Mädchen aus ihrer Mannschaft, mit einem langen blonden Zopf.

»Willst du selber schießen?«, fragte sie.

Aber Nelly hatte ihre Lektionen mit Max keineswegs vergessen. Sie glaubte nicht, dass sie es schaffen würde, diesen Elfmeter in ein Tor zu verwandeln. Und darauf kam es jetzt an, wenn sie noch eine Chance auf den Sieg haben wollten.

Also schoss Lola, ihr Mannschaftskapitän. Und sie traf!

1:1. Das Ausgleichstor!

Die Mädchen aus Nellys Mannschaft brüllten vor Freude. Auch die Zuschauer schrien und klatschten.

Und der Trainer rief: »Das ist der Fußball, den ich sehen will!«

Mit dem Unentschieden war das Eis gebrochen. Das Spiel lief und es fielen noch zwei Tore für Nellys Team. Am Ende hatten sie einen klaren Sieg. Alle strahlten und der eine oder andere Strahl fiel auch auf Nelly.

»Mädchen, das war schon ganz gut«, sagte der Trainer zu ihr.

»Gut gemacht«, sagte auch Max. »Besprich mit Werner, wie es mit dir weitergeht.«
Dann ging er vom Platz. Dabei zog er wieder sein rechtes Bein ein wenig nach.
Nelly wollte ihm gerade hinterherrennen, doch da trat ihr jemand in den Weg.
»Gute Aktion«, sagte ein älterer Mann. Er stellte sich als Sportjournalist vor und fragte sie nach ihrem Namen.
»Ich bin Nelly … äh, Cornelia Nuss«, antwortete Nelly und ihre Gesichtsfarbe glich mal wieder der ihrer Haare.
»Aus welchem Verein kommst du? Dich hab ich hier noch nie gesehen.«
»Ich komm vom Bolzplatz.« Sie sah Max hinterher.
Der Journalist folgte ihrem Blick.
»Ach, Max«, sagte er und in seiner Stimme schwang Bedauern mit. Aber dann wandte er sich wieder Nelly zu. »Du hast Talent und solltest in einem Verein trainieren.«
»Nun mal langsam«, mischte sich da Werner ein. »Lass das Mädel erst mal zu Luft kommen. Dann sehen wir weiter.«
Der Journalist nickte, hob zum Abschied die

Hand und ging zu einem der anderen Mädchen.
»Er hat Recht«, sagte Werner zu Nelly, als sie allein waren. »Das war zwar ein unnötiger Alleingang von dir, aber das Spiel wäre ohne dich in totaler Lethargie steckengeblieben. Du hast die Mannschaft aufgerüttelt. Wir sollten uns mal über deine Zukunft unterhalten.«
Zukunft, das war ein Wort, das Nelly gar nicht mochte. Zumindest nicht seit dem Tag, als Lotte ihr das mit dem Umzug nach München gesagt hatte und Nelly stumm geblieben war, weil ihr einfach nichts Richtiges dazu einfallen wollte. Außer dass der Stuhl neben ihr in Zukunft leer bleiben würde.
Sie hatte gewusst, dass sie etwas sagen sollte. Dass Lotte darauf wartete, etwas von ihr zu hören. Aber sie hatte weiter geschwiegen und an die Zukunft und an den blöden Stuhl gedacht, so lange bis Lotte aufgestanden und gegangen war. Später hatte Nelly den leeren Stuhl auf ein weißes Blatt gezeichnet. Aber da war Lotte bereits in München und die Zukunft ohne sie hatte begonnen.
Jetzt sah Nelly sich um. Die meisten Mädchen hatten sich schon umgezogen. Lola, Jette und

Betty winkten ihr noch zu, bevor sie den Platz verließen.
Klar wollte Nelly in einer Mädchenmannschaft mit einem richtigen Trainer trainieren. Deswegen war sie ja heute hierhergekommen. Auch wenn sie ihren Bolzplatz liebte.
Sie wandte sich wieder dem Trainer zu. Aber der schien ihren Blick als Zögern auszulegen.
»Pass auf, Nelly, ruf mich einfach in den nächsten Tagen an. Dann machen wir einen Termin«, sagte er und reichte ihr seine Visitenkarte.
Nelly nickte.
»Schön.« Er gab ihr seine breite Hand, drückte fest zu und lächelte. »Nach eurer Schlappe am Anfang ist das Spiel gut gelaufen. Und du auch. Darauf kannst du wirklich stolz sein. Bis bald.«
Nelly ging in die Umkleidekabine. Sie konnte ihre Sportsachen gar nicht schnell genug ausziehen. Es sah ganz danach aus, als hätte sie heute ihre Chance doch noch genutzt. Das musste gefeiert werden! Aber Max war schon weg. Vielleicht hatte Tom Zeit?
Vor der Sportanlage gab es zum Glück eine Telefonzelle. Und Tom versprach, im Eisladen auf sie zu warten.

Als Nelly wieder auflegte, stand wie aus dem Boden gewachsen Marcia vor ihr.
»Wirst schon noch sehen, was du von solchen Aktionen hast«, zischte sie.
Nelly wusste nicht so recht, was sie darauf antworten sollte, und schwieg lieber. Das schien Marcia zu verwirren, denn sie sagte auch nichts mehr.
»Ich muss jetzt los«, murmelte Nelly schließlich und ging einfach. Niemand würde ihr heute ihre gute Laune vermiesen, da war sie fest entschlossen.
Jedenfalls so lange, bis sie Tom sah.

Tom hatte eine große Eistüte mit mindestens drei Kugeln in der Hand. Und er unterhielt sich mit einem blonden Mädchen, dessen wippender Pferdeschwanz verkündete, wie beliebt und erfolgreich es war. Daria!
Nelly blieb abrupt stehen.
Das war so unfair. Diese blöde Kuh, die sowieso alles hatte, schnappte ihr Tom einfach weg, einen der wenigen Freunde, die sie seit Lottes Umzug hatte. Das war schlimmer als Marcia und der Karottenkopf. Das war nicht schlimmer als alles, aber es war ziemlich schlimm.

Nelly drehte sich schnell um und schlüpfte ins Haus. Durchs Treppenhausfenster sah sie noch mal zum Eisladen hinüber. Tom und Daria unterhielten sich immer noch. Was hatten die sich bloß zu erzählen?
Nelly zupfte so nervös an der Grünpflanze auf dem Fensterbrett herum, dass ihr beinahe der Blumentopf entgegenkam. Plötzlich legte ihr jemand die Hand auf die Schulter. Sie zuckte zusammen und drehte sich um. Es war Frau Hinnenthal.
»Willst du einen Augenblick hereinkommen?«, fragte sie.
Das hatte Nelly gerade noch gefehlt.
»Ich hab nicht viel Zeit«, machte sie einen schlappen Versuch, die Einladung abzulehnen.
Aber Frau Hinnenthal sah nicht so aus, als ob sie das gelten lassen würde.
Nelly überlegte. Zurück nach draußen konnte sie nicht. Denn dann müsste sie Tom und Daria gegenübertreten. Also blieb ihr nur die Flucht nach vorn.
Nelly war noch nie bei Frau Hinnenthal gewesen. Als sie eintrat, kam sie sich vor wie in einem Museum. Es war dämmerig, still und roch ein

bisschen staubig. Geblümte Tapeten schmückten die Wände. Und an der Wohnzimmerdecke hing ein riesiger Kronleuchter, der von oben bis unten mit glitzernden und blinkenden Glassteinen verziert war.
Doch was Nellys Aufmerksamkeit am meisten in Anspruch nahm, waren die unzähligen Porzellanhunde, die überall paarweise herumstanden: kleine, große, weiße, bunte und goldene. Einige schliefen, andere sahen Nelly interessiert an und wieder andere schienen mit den Gedanken ganz weit weg zu sein. Zwei lächelten.
Plötzlich dachte Nelly, dass sie mit ihren Ballspielen vielleicht gar nicht so sehr Frau Hinnenthal störte, sondern die vielen schlafenden Hunde weckte.
»Das sind englische Kaminhunde. Mein Großvater war Seefahrer. Er hat sie von seinen Reisen mitgebracht. Jedes Jahr zwei, damit sie sich nicht einsam fühlen«, erklärte Frau Hinnenthal. Dann führte sie Nelly in die Küche. »Du trinkst doch einen Kakao mit, ja?«
Bald duftete es nach heißer Schokolade und Nelly setzte sich vorsichtig an den Küchentisch. Nicht dass sie vor lauter Zappelei aus Versehen etwas

von all den Kostbarkeiten auf den blau-weiß gekachelten Fußboden warf.
»Zucker?«
Nelly nickte und Frau Hinnenthal stellte eine riesige Zuckerdose mit Streublümchen auf den Tisch. Dann setzte sie sich Nelly gegenüber. Mit ihrem kleinen grauen Dutt, den vielen Falten und dem rosa Lippenstift sah auch sie aus wie eine Erscheinung aus einer anderen Welt. An ihrem linken Ohr baumelte ein kleines lachendes Gesicht und an ihrem rechten Ohr ein weinendes.
Nelly guckte in ihre Tasse und sah zu, wie die Milch gierig das Kakaopulver verschlang.
»Stir it up«, sagte Frau Hinnenthal.
Nelly blickte erstaunt auf.
»Rühr ihn um«, übersetzte Frau Hinnenthal lächelnd.
Nelly wusste nicht, was sie sagen sollte. ›Stir it up‹ hieß ein Lied auf der Bob-Marley-CD. Sie hatte sich schon gefragt, was das bedeutete. Jetzt ertappte sie sich dabei, wie sie ernsthaft darüber nachdachte, ob ihre Nachbarin eine Hexe war.
Frau Hinnenthal lächelte immer noch und sagte: »Als du gestern so laut Musik gehört hast, war ich mir sicher, dass du mir damit etwas sagen willst.

Genauso wie dein Dribbeln mir viel von dir erzählt. Hast du inzwischen die Klarheit, die du brauchst?«
»Äh …«, sagte Nelly und starrte ihr Gegenüber mit offenem Mund an.
»Ich dachte, ich könnte dir vielleicht ein wenig behilflich sein. Deshalb habe ich dreimal geklingelt.«
Nelly stand schnell auf und hätte dabei beinahe den Kakao umgekippt. »Danke, aber ich brauch eigentlich keine Hilfe. Ich komm ganz gut allein zurecht.«
Frau Hinnenthal nahm einen Schluck aus ihrer Tasse.
»Ja, das dachte ich mir«, sagte sie dann. »Mut steht am Anfang des Handelns, Glück am Ende.«
Und als Nelly schon an der Tür war, rief sie noch: »Wusstest du eigentlich, dass Bob Marley auch ein leidenschaftlicher Fußballspieler war?«
Krachend schlug Nelly Frau Hinnenthals Wohnungstür hinter sich zu, rannte die Treppe nach oben, schloss ihre Tür auf und schlug auch diese wieder zu. Schwer atmend blieb sie dahinter stehen. War es möglich, dass ihre Nachbarin alles wusste?

Nelly legte sich auf ihr Bett und dachte nach. Wobei hatte ihr Frau Hinnenthal bloß helfen wollen? Doch sosehr sie auch überlegte, sie kam einfach nicht dahinter.

Als ihre Eltern nach Hause kamen, war Nelly bereits eingeschlafen.

SECHS: Die Konsequenzanalyse

Als Nelly die Augen wieder aufschlug, schien der Tag vorsichtig in ihr Zimmer. Obwohl sie so lange geschlafen hatte, fühlte sie sich ziemlich matt.

Heute war Sonntag und ihre Eltern waren wieder da. Nelly freute sich zum ersten Mal seit langem auf das gemeinsame Frühstück. So leise wie möglich stand sie auf und deckte den Frühstückstisch.

Anne kam lesend in die Küche, küsste Nelly auf die Stirn und lobte den schön gedeckten Tisch. Sie setzte sich und vertiefte sich gleich wieder in ihr Manuskript, das sie am Montag abgeben musste. Durch den Kongress war sie ziemlich im Verzug.

Boris schleppte heute mindestens fünf Zeitungen und drei Beilagen in die Küche, um sie Seite für Seite durchzuackern.

Nelly war längst mit dem Frühstücken fertig und

wartete nur noch auf den richtigen Moment, um aufzustehen. Sie konnte einfach nicht mehr stillsitzen.
Da fiel ihr Blick auf den Sportteil der Zeitung. ›Mädchenfußball im Aufwind‹ stand da. Und unter der Schlagzeile stand ihr Name!
Nelly schluckte. Wenn sie wollte, dass alles so blieb, wie es war, dann musste sie jetzt und auf der Stelle etwas unternehmen!
»Möchtest du noch einen Kaffee, Papa?«, fragte sie also mit einer ihr selbst ganz fremden Stimme.
»Oh ja, gerne.«
Nelly hob die halb volle Kanne und goss den Inhalt direkt auf den Sportteil. Und versehentlich auch auf die Brötchen.
Ihre Eltern sahen sie erschrocken an.
»Zum Glück war das nur der Sportteil«, sagte ihr Vater dann.
Nelly nickte und warf die Seiten kurzerhand in die Mülltonne. »Ich geh zu Lotte«, sagte sie so beiläufig wie möglich.
Als sie gerade ihren Teller in die Spülmaschine räumen wollte, sah Nelly, wie ihr Vater den Mülleimer öffnete, um die Brötchen zu entsorgen. Ihr Herz hüpfte wie verrückt.

»Das gibt's doch nicht«, sagte Boris und zog die kaffeebraune Zeitung aus dem Müll.
»Eine gelbe Karte und ihre Folgen«, las er dann vor. »Nach einem schweren taktischen Foul an der beeindruckenden Debütantin Cornelia Nuss, 11 Jahre, aus dem Prenzlauer Berg fiel der Ausgleich durch einen Elfmeter.«
»Interessiert ihr euch jetzt etwa für Fußball?«, fragte Anne entsetzt.
Boris nickte erst und schüttelte dann den Kopf.
»Was meinst du, Cornelia«, sagte er zu Nelly, »wie hoch ist die Wahrscheinlichkeit, dass es im Prenzlauer Berg ein zweites elfjähriges Mädchen mit deinem Namen gibt?«
Nelly starrte auf die braun gefärbte Zeitung.
»Die Wahrscheinlichkeit geht gegen null«, beantwortete ihr Vater seine Frage selbst und sah sie dabei nachdenklich an. »Das ist so wahrscheinlich wie ein Sechser im Lotto.«
Da ließ Nelly ihren Teller fallen.
Das ist also das Ende, dachte sie.

Aber jedes Ende bringt auch einen Anfang hervor. Oft kann man den nur nicht gleich erkennen. Dabei war in diesem Fall das Zeichen für den

Neubeginn so deutlich, dass Nelly es auf der Stelle hätte bemerken müssen.
Ihr Teller war nämlich durch den Sturz nicht zerbrochen. Er kippelte, klapperte und klirrte auf dem Fußboden herum, bis er schließlich still liegen blieb. Unversehrt.
Keiner im Raum rührte sich. Und dann klingelte das Telefon und erlöste Familie Nuss aus ihrer Erstarrung.
Nelly stellte den Teller schnell in die Spülmaschine, grinste ihre Eltern unsicher an und huschte in den Flur.
»Cornelia Nuss«, meldete sie sich.
»Hallo, Nelly«, sagte Trainer Werner am anderen Ende der Leitung. Und Nellys Herz machte zum zweiten Mal an diesem Vormittag ziemliche Sprünge.
»Das ist für mich«, rief sie vorsichtshalber Richtung Küche.
»Hast du dich schon in der Zeitung gefunden?«, fragte Werner.
»Ja«, sagte Nelly.
»So viel Aufmerksamkeit nach dem ersten öffentlichen Spiel kriegt nicht jeder. Das ist wirklich gut gelaufen, nicht?«

Nelly war da ganz anderer Meinung. Aber jetzt war bestimmt nicht der Zeitpunkt, ihm das zu erklären.

»Es wäre gut, wenn du so bald wie möglich mit deinen Eltern bei mir vorbeikommst«, sagte der Trainer.

»Oh.« Nelly atmete tief ein.

»Gibt's da ein Problem?«

»Nichts Wichtiges«, antwortete Nelly leise. Und weil sie keine Ahnung hatte, wie sie dieses unwichtige Problem beschreiben sollte, schwieg sie lieber und versuchte angestrengt flacher zu atmen, damit er ihre Aufregung nicht bemerkte.

»Soll ich mit deinen Eltern reden?«

»Das wäre vielleicht nicht so gut«, entschied Nelly schweren Herzens.

»Ist alles in Ordnung bei dir?«, fragte der Trainer.

»Ja, alles in Ordnung. Ich melde mich.« Dann legte sie auf.

Dabei war gar nichts in Ordnung. In Nellys Innern sah es jetzt so aus wie in den Zimmern ihrer Eltern: Es herrschte ein heilloses Durcheinander. Beinahe automatisch holte Nelly die Tasche für die Stollenschuhe unter ihrem Bett hervor. Dann blieb sie vor der Küchentür stehen und lauschte.

Aber in der Küche war es ganz still. Nur hin und wieder raschelte Papier.
Also war es ihrem Vater doch nur um die mathematische Wahrscheinlichkeitsrechnung gegangen, die in dieser Zeitungsnotiz steckte.
Nelly schloss leise die Wohnungstür hinter sich und atmete draußen geräuschvoll aus. Wieder war sie noch einmal davongekommen. Aber dann fragte sie sich, ob sie nicht gerade die beste Gelegenheit verpasst hatte, um die Dinge endlich ins Lot zu bringen.
Heute schlich sie fast zum Bolzplatz, weil sie auf dem Weg angestrengt nachdenken musste.
Nelly hatte genau zwei Möglichkeiten. Sie konnte die braune Zeitung wieder auf den Tisch legen und Boris' logisch und mathematisch einwandfreie Wahrscheinlichkeitsrechnung ganz einfach in die Wirklichkeit übersetzen, indem sie sagte: »*Ich* bin die Cornelia Nuss aus dem Prenzlauer Berg, deren sicheres Tor durch ein taktisches Foul von Marcia verhindert worden ist.«
Aber wenn sie erst anfing mit ihren Eltern zu reden, dann müsste sie ihnen alles erzählen. Und »alles« erschien ihr einfach ein bisschen viel. »Alles« war wie ein riesiger Berg, den sie nicht hoch-

zuklettern schaffte, oder wie ein winziges Tor, in das ihr Ball nicht passte.

Womit sollte sie denn anfangen? Dass Lotte schon ziemlich lange in München wohnte? Dass Nelly ewig keine Referate vorbereitet hatte? Und dass sie deshalb einige ihrer schlechteren Zensuren selbst unterschrieben hatte? Dann waren da noch die gestohlenen dreißig Euro und Frau Hinnenthal, die wohl demnächst die Polizei rufen würde. Und bestimmt hatte sie noch ein paar Sachen vergessen.

Je länger Nelly darüber nachdachte, umso unmöglicher wurde die Aussprache mit ihren Eltern.

Also blieb ihr eigentlich nur noch die zweite Möglichkeit. Sie verzichtete darauf, mit den Mädchen zu trainieren, und spielte einfach weiter auf dem Bolzplatz Fußball.

Doch was würde Max dazu sagen?

Als sie am Bolzplatz ankam, spielten die Jungs schon. Niemand bemerkte sie. Auch Tom nicht. Und Max war nirgends zu sehen.

Da tippte ihr jemand von hinten auf die Schulter. Nelly fuhr herum. Es war Max.

»Was machst du denn hier?«, fragte er sie erstaunt.

Nelly schluckte. »Ich dachte … ich hab mir über-

legt … also ich hab mich entschieden, dass ich lieber weiter mit euch spielen will. Ich fühl mich hier einfach so wohl.«
Max starrte Nelly entgeistert an. Dann wurde er wütend. Total wütend.
Und Nelly ahnte, dass sie alles falsch gemacht hatte. Max würde sie nicht mehr trainieren.
Inzwischen hatte Max seine Sprache wiedergefunden. »Jetzt hör mal gut zu«, zischte er. »Ich habe nicht mit dir trainiert, damit du dich wohlfühlst, sondern damit du eine Fußballerin wirst. Aber du, du willst auf dem Bolzplatz kuscheln. Wenn das so ist, dann brauchst du auch keine andere Mannschaft und erst recht keinen neuen Trainer. Und mich brauchst du auch nicht mehr.«
Damit drehte er sich um und lief zu den Jungs. Deutlicher konnte er ihr nicht zeigen, dass sie hier nicht mehr hingehörte.
Auf dem Weg zum Bolzplatz hatte sie noch zwei Möglichkeiten gegeneinander abgewogen. Jetzt hatte sie gar keine mehr.
Nelly fühlte sich wie vor den Kopf geschlagen. Sie hatte das Gefühl, der dicke Stefan zu sein, als er bei ihrem ersten Tor mit dem Kopf an den Pfosten geknallt war. Alles war düster und verschwommen,

selbst der Himmel sah ganz schwarz aus. Wahrscheinlich würde es gleich zu regnen anfangen.
Nelly drehte sich um. Sie musste dringend weg hier. Aber wo sollte sie hin? Sie konnte jetzt auf keinen Fall nach Hause gehen. Da fiel ihr Blick auf den völlig leer gefegten Spielplatz gegenüber. Sie hockte sich auf den Rand des Sandkastens und starrte vor sich hin.

Als zwei kleine Mädchen auf den Spielplatz spazierten und neugierig zu ihr herübersahen, streckte Nelly ihnen die Zunge heraus. Beleidigt wandten sich die Mädchen ab und begannen Springseil zu hüpfen.

Die Kleinere von beiden kam nie über elf gelungene Sprünge hinaus. Man konnte ihr den Ärger darüber deutlich anmerken. Aber sie übte verbissen weiter.

Als die ersten Tropfen fielen, gingen die Mädchen.

»Macht's gut«, rief Nelly ihnen versöhnlich hinterher.

»Mach's besser«, antworteten sie schnippisch.

Dann war Nelly mit den immer dichter fallenden Regentropfen allein.

Seit Lotte in München war, kannte sie sich mit

dem Alleinsein eigentlich ganz gut aus. Doch durch das Fußballspielen hatte sie ganz vergessen, wie sich das anfühlte. Sie war mit den Jungs über den Platz gerannt, hatte den Ball verfolgt und gemeinsam waren sie auf die Tore zugejagt.
Jetzt musste sie an das gute Gefühl denken, total müde Beine zu haben und doch froh zu sein. Und sie dachte an Lotte. Ihr hätte sie alles erzählen können und sie hätte genau gewusst, was zu tun wäre.
Aber Lotte war nicht mehr da. Nelly fühlte sich hundeelend. Sie hatte alles verloren. Lotte und Tom und Max und bestimmt auch die anderen Jungs, den Bolzplatz und die Aussicht, irgendwann eine richtige Fußballerin zu werden. Nelly war wieder ganz allein.
Nur die Regentropfen wurden mehr und mehr und umgaben sie schließlich wie ein dichter Schleier, als würden sie ihr in ihrer Einsamkeit Gesellschaft leisten wollen. Als Nelly das Gefühl bekam, sich langsam im Regen aufzulösen, stand sie auf. Irgendwann musste sie ja nach Hause gehen.
Auch die Straßen waren wie leer gefegt. Selbst der Eisladen hatte zu. Nelly knallte ihren Turnbeutel

in die hinterste Ecke des Kellerverschlages. Dort konnten die Schuhe jetzt verfaulen. Frierend und tropfend schleppte sie sich nach oben. Dabei blieb ihr Blick an Frau Hinnenthals Tür hängen, doch die öffnete sich nicht.

Als Nelly schließlich bibbernd in ihrem Flur stand, bildete sich um sie herum sofort eine Pfütze.

»Nelly? Wie siehst du denn aus?«, fragte ihre Mutter erschrocken.

»Ich bin in den Regen gekommen.«

Anne rannte ins Badezimmer und holte ein Handtuch. »Das sehe ich. Du nimmst sofort ein heißes Bad, sonst wirst du krank.«

Aber auch das Bad half Nelly nicht. Sie zitterte jetzt unkontrolliert. Also half Anne ihr ins Bett. Dann ging sie in die Küche, um einen Tee aufzubrühen. Als sie wiederkam, schlief Nelly bereits.

Sie träumte vom Bolzplatz, dessen Boden sich in einen See aus Kakao verwandelt hatte. Mal tat er sich wie ein Wildwasserstrudel vor ihr auf, um sie zu verschlingen, mal trank sie ihn bis zum letzten Schluck aus, um ihren großen Durst zu löschen.

SIEBEN:
Die wahre Wahrscheinlichkeit

Am nächsten Morgen konnte Nelly nicht mehr sprechen. Ihr Rachen war so stark angeschwollen, dass sie keinen Ton herausbrachte. All die Gedanken, die ihr im Kopf herumschwirrten und herauswollten, hatten ihr den Hals verstopft.

Beim Fiebermessen saßen Anne und Boris an Nellys Bett und machten ernste Gesichter. Anne beschloss, zu Hause zu arbeiten. Mit leichter Panik in der Stimme telefonierte sie mit dem Verlag.

Mindestens einmal pro Stunde kam sie in Nellys Zimmer und sah sie besorgt an. Immer wenn sie sich dann aufs Bett setzte, drehte Nelly sich zur Wand und krächzte: »Ich bin müde.«

Am Dienstag klingelte es an der Tür.

»Da ist ein Tom für dich«, sagte ihre Mutter, als sei es inzwischen das Normalste der Welt, dass Nelly Besuch von Jungen bekam. Vielleicht hatte Tom ja auch ausnahmsweise keine Sportklamotten an.

Zuerst freute sich Nelly. Tom machte sich also Sorgen um sie. Aber dann erinnerte sie sich, wie fröhlich Darias Zopf gewippt hatte.
»Ich ruf ihn an, wenn ich wieder gesund bin«, sagte sie leise. Ihre Stimme war immer noch nicht ganz wiederhergestellt.
Anne nickte und verließ das Zimmer, um Tom die Antwort zu überbringen. Danach kam sie zurück, setzte sich an Nellys Bett und streichelte ihr sanft übers Haar.
Nelly hatte plötzlich das Bedürfnis, ihrer Mutter doch von all dem zu erzählen, was in der letzten Zeit passiert war. Sie wünschte sich, dass Anne sie einfach fragte, was los war.
»Ist alles in Ordnung mit dir?«, erkundigte sich Anne im nächsten Moment.
Das war Nellys Chance. Sie sah ihre Mutter an … und brachte doch nichts heraus.
»Ja, alles in Ordnung«, sagte sie nur.

Nellys Fieber ging auch am nächsten Tag nicht runter. Immer wenn sie versuchte aufzustehen, fühlte es sich an, als hätte sie Watte in den Knien.
»Wenn das bis morgen nicht besser wird, müssen

wir zum Arzt«, sagte Anne ziemlich besorgt. »Bleib einfach liegen und versuch zu schlafen.«
Dann verließ sie das Zimmer und Nelly schloss erschöpft die Augen.
Irgendwann klingelte es an der Tür.
Nelly blinzelte und sah zum Fenster. Draußen war es neblig und grau. Nicht dunkel und nicht hell. Wie spät es wohl sein mochte?
Sie lauschte. In der Wohnung war es ganz still.
Da ertönte erneut die Türklingel. Und noch einmal.
Warum öffnete Anne nicht?
Mit wackligen Beinen stand Nelly auf und sah sich in der Wohnung um. Doch Anne war nirgendwo zu sehen.
Wieder klingelte es.
Nelly schleppte sich zur Tür und sah durch den Spion. Da grinste ihr ein weißer Porzellanhund entgegen. Erschrocken zuckte Nelly zurück. Als sie wieder hinsah, tauchte hinter dem weißen ein brauner Hund auf. Dann ein bronzefarbener und dann ein goldener.
Nelly öffnete nicht, sondern schlurfte verwirrt in ihr Zimmer zurück.
Doch die Hunde aus Frau Hinnenthals Wohnung

ließen sich von einer geschlossenen Tür nicht aufhalten. Als Nelly ihr Zimmer betrat, standen sie bereits alle vor ihrem Bett.

»Wir sind gekommen, um dir ein wenig Gesellschaft zu leisten«, sagten sie im Chor.

Nelly setzte sich erst mal und sah die vier Hunde mit aufgerissenen Augen an.

Jetzt kroch der weiße Hund unter ihren Schreibtisch. Er holte den Wollknäuelball hervor und schoss ihn zu ihr. Aber Nelly wollte nicht Fußball spielen.

»Ich bin krank. Außerdem bin ich gern allein«, sagte sie trotzig und ließ das Wollknäuel unters Bett rollen.

»Aha«, antworteten die Hunde. Und es war ihnen anzuhören, dass sie Nelly nicht glaubten.

»Vor allen Dingen bist du nicht ganz bei der Sache«, sagte der braune Hund dann, holte sich das Wollknäuel zurück und schob es dem bronzefarbenen zu.

»Bei welcher Sache denn?«, fragte Nelly höflich nach.

»Bei deiner Sache«, antwortete der bronzefarbene und nahm den Ball elegant an.

»Aha.« Nelly äffte die Hunde nach.

»Aha«, äfften die Hunde Nelly nach.
»Wovor hast du eigentlich Angst?«, fragte der goldene Hund in versöhnlicherem Ton. Jetzt hatte er das Wollknäuel vor den Füßen.
Nelly zuckte mit den Schultern. Wenn sie so direkt gefragt wurde, wusste sie das auch nicht genau.
Und als der goldene Hund ihr das Wollknäuel zuspielte, stand sie auf und nahm es an. Wenn diese seltsamen Hunde schon mal hier waren, dann konnte sie auch mit ihnen spielen. Eigentlich war das ganz lustig. Auch wenn ihr Zimmer ein bisschen klein dafür war.
Nur ihre Beine machten Nelly Sorgen. Sie fühlten sich immer noch an wie aus Watte.
Aber auch dafür hatten die Hunde eine Lösung.
»Wir haben dir deinen Kakao mitgebracht, der hilft«, sagte der goldene und holte tatsächlich hinter seinem Rücken die Streublümchentasse hervor.
Nelly grinste, schloss die Augen und trank.
Mit der Watte in ihren Beinen hatte es sich danach sofort erledigt und sie spielten sich eine Weile schweigend den Ball zu.
»Bleibt doch noch ein bisschen«, bat sie die Hunde, als der goldene den Wollknäuelball mit

einem gezielten Schuss wieder unter den Schreibtisch beförderte.
Aber die vier schüttelten den Kopf.
»Das war für heute erst mal genug«, sagten sie freundlich, aber bestimmt. »Du schläfst jetzt und denkst dabei über deine Sache nach. Und wenn du wieder aufwachst, wirst du die Lösung vor dir sehen.«
»Mit wem redest du?«, rief da Anne plötzlich aus dem Wohnzimmer.
Die Porzellanhunde legten ihre Pfoten auf die Lippen und winkten Nelly zu. Dann verließen sie im Gänsemarsch das Zimmer.

Als Nelly wieder aufwachte, fühlte sie sich erfrischt. Ihr Wecker verriet ihr, dass sie ziemlich lange geschlafen hatte.
Und vor ihrem Bett lag etwas: die braun gefärbte Zeitung!
Nelly stand auf. Die Watte in ihren Beinen war weg. Sie hob die Zeitung auf und fasste einen Entschluss.
Als sie in die Küche kam, schrien ihre Eltern vor Schreck laut auf. Mit ihrem weißen Nachthemd sah Nelly einem Gespenst nicht ganz unähnlich.

»Ich muss euch etwas Wichtiges sagen«, erklärte Nelly ihren Auftritt. »Ich bin Cornelia Nuss aus dem Prenzlauer Berg.«

»Oh, davon sind wir die letzten elf Jahre ausgegangen«, sagte Anne und lächelte.

Da holte Nelly die braun gefärbte Zeitung hinter ihrem Rücken hervor und tippte auf ihren Namen.

»Ich bin die *Fußballerin* Cornelia Nuss aus dem Prenzlauer Berg«, fügte sie nun noch hinzu.

Jetzt war es endlich heraus.

Boris klappte seinen Laptop zu und Anne sah ihre Tochter lange an. Das Grün ihrer Augen wirkte ganz ausgeblichen, so wie es war, wenn sie geweint hatte. Dann nickte sie. Boris nickte ebenfalls.

»Ja, das ist auch nichts Neues für uns.«

Nelly verstand die Welt nicht mehr.

»Als du am Sonntag losgegangen und trotz des Regens nicht nach Hause gekommen bist, haben wir Lotte angerufen«, erklärte ihre Mutter. »Aber da ging keiner ran, denn Lotte wohnt gar nicht mehr hier. Sie ist in den Februarferien nach München gezogen.«

»Fünfhundertachtundachtzig Kilometer«, sagte Nelly nur.

»Das hat uns Daria erzählt«, fügte ihr Vater hinzu.

Anne bemerkte Nellys erstauntes Gesicht. »Sie war hier, weil sie dir die Hausaufgaben und ein paar Klassenarbeiten bringen wollte.«
Jetzt erst sah Nelly den Stapel Schulsachen, der auf dem kleinen Beistelltisch lag.
Dann stand Anne plötzlich auf, schlang ihre Arme um Nelly und drückte sie an sich. Fest und lange. Boris legte ebenfalls den Arm um sie und streichelte sie beruhigend.
»Wir wussten plötzlich gar nicht mehr, wer du bist«, brachte Anne schließlich beinahe schluchzend heraus.
Nelly dachte eine Weile darüber nach. Dann holte sie tief Luft: »Max und Werner sagen, dass ich eine Fußballerin werden könnte.«
»Max und Werner«, wiederholte ihr Vater, als würde er von zwei alten Bekannten sprechen.
»Und was sagst du?«, fragte ihre Mutter.
»Na ja, ich renne jeden Tag. Erst war es einfach nur ein tolles Gefühl, mit anderen zu rennen, zusammen dem Ball nachzujagen. Aber inzwischen … Also inzwischen will ich eine Fußballerin sein. Die ersten Meter dafür bin ich jedenfalls schon gelaufen.«
»Das war die Hypothese, nicht?«, fragte Boris.

»Ja«, sagte Nelly.
»Ja dann«, sagten ihre Eltern.
Und dann erzählte Nelly: von Lotte, die nicht mehr da war, und von den Runden, die sie deswegen immer häufiger gelaufen war, vom Bolzplatz, von Tom, Max und Stefan und den Stollenschuhen, von den dreißig Euro und von Trainer Werner und seinem Angebot. Nur eine Sache ließ sie weg. Ihre Eltern sahen auch so schon einigermaßen überfordert aus.
»Oh«, sagte Anne.
»Oh«, sagte Boris.
Aber dann umarmten sie sich alle drei noch einmal.
Erst jetzt merkte Nelly, mit welchen Gewichten sie durch die Welt gerannt war. Wahrscheinlich würde sie ab heute doppelt so schnell sein. Sie ging zu ihrem aufgebrochenen Rudi und holte das neu ersparte Geld heraus.
»Es waren schon vierundzwanzig Euro, aber dann musste ich davon letzte Woche zwei Fahrkarten nach Wittenau kaufen. Jetzt sind es nur noch einundzwanzig Euro zwanzig.« Sie gab das Geld ihrer Mutter.
Anne starrte die Münzen an, als wären es mindes-

tens fünfhundert Euro. Dann nickte sie und schloss ihre Hand darum.

Boris räusperte sich theatralisch. »Ich glaub, ich brauch jetzt eine wagenradgroße Pizza. Darf ich die Damen zum Essen einladen?«

Nelly nickte. »Ich hab einen Bärenhunger.«

Und Anne sagte: »Das klingt gut.« Ihre Augen hatten inzwischen wieder ein bisschen grüne Farbe bekommen.

Als sie wenig später die Treppe nach unten liefen, steckte Frau Hinnenthal den Kopf aus ihrer Wohnungstür. Heute lächelten beide Ohrringe.

»Familie Nuss«, rief sie erfreut. »Dann wünsche ich einen guten Appetit.«

Niemand wunderte sich, woher Frau Hinnenthal wusste, dass sie essen gehen wollten. Am wenigsten Nelly.

Alle Wolken hatten sich verzogen. Selbst der Eisladen hatte wieder geöffnet. Automatisch hielt Nelly nach Tom oder Daria Ausschau. Aber sie waren nirgends zu sehen.

Auch ihre Mutter schien sich im Gedankenlesen geübt zu haben. »Wusstest du, dass Darias Eltern der Eisladen gehört?«, fragte sie Nelly.

Nelly nickte. Früher hatte sie immer geglaubt, Darias Vater wäre mindestens ein Minister und ihre Mutter eine superbekannte Schauspielerin. Oder ein verstrubbelter Doktor der Mathematik und eine grünäugige Lektorin.
Im Restaurant entschied sich Nelly für die *Pizza Sport*, mit Ananas, Parmaschinken und Parmesan. Boris und Anne bestellten die gleiche.
»Eine Fußballerin also«, sagte Boris, als die Teller vor ihnen standen.
»Ich muss noch viel lernen, haben Werner und Max gesagt. Aber sie haben auch gesagt, dass ich Talent habe.«
»Was du heute denkst, wirst du morgen sein«, meinte Anne und kostete vorsichtig von der Pizza. »Am besten, du rufst diesen Trainer gleich an.«
»Es ist schon ziemlich spät«, wandte Nelly ein.
»Leute mit Leidenschaften haben keinen Feierabend«, sagte ihr Vater und lächelte Anne an. Dann reichte er Nelly das Handy.
Sie holte die Visitenkarte hervor und wählte die Nummer.
»Rost«, meldete sich eine vertraute Stimme.
»Max?«, fragte Nelly. »Bist du das? Was machst du denn bei Werner zu Hause?«

»Ich wohne hier schon seit sechzehn Jahren«, sagte Max.
Nelly sah noch einmal auf die Visitenkarte. *Werner Rost* stand da. Der Trainer war Max' Vater! Sie hatte den Namen auf der Karte unzählige Male gelesen, ihn aber nie mit Max in Verbindung gebracht. Manchmal sieht man den Wald vor lauter Bäumen nicht. Besonders wenn man Nelly heißt.
Sie schluckte. »Ich hab gerade mit meinen Eltern geredet.«
»Worüber?«
»Über den Fußball.«
»Ach ... Und, was haben sie gesagt?«, fragte Max.
»Sie wollen mit deinem Vater reden.«
»Dann ist ja alles gut, oder?«
»Ja, das meiste schon.«
Eine Weile blieb es still.
»Sehen wir uns trotzdem mal wieder auf dem Bolzplatz?«, fragte Nelly schließlich leise.
»Ich spiel nicht mehr«, antwortete Max.
Nelly war entsetzt. »Warum denn nicht?«
Aber da hatte er den Hörer schon weitergegeben und Werner war dran. Er bestellte sie für Samstag zu sich nach Hause.

Samstagmorgen war Nelly so aufgeregt, dass sie gleich dreimal etwas herunterwarf. Aber niemand ermahnte sie deswegen.
Gemeinsam gingen sie zur Wohnung von Max und Werner.
»Rost«, stellte der Trainer sich ihren Eltern vor und drückte ihnen fest die Hand.
Sein Arbeitszimmer war voll mit Pokalen.
»Ich bin schon vierzig Jahre dabei«, erklärte er, als er Boris' respektvollen Blick bemerkte. »Nach einer aktiven Profilaufbahn bin ich Trainer geworden. Mädchen wie Nelly brauchen Unterstützung und Förderung. Bausteine für den Erfolg sind allerdings nicht nur Talent, sondern auch Leidenschaft, Teamwork und Disziplin. Bis auf den Punkt Teamwork habe ich das alles bei Nelly sehen können.«
Anne und Boris zuckten jedes Mal ein bisschen zusammen, wenn er »Nelly« sagte.
»Wer sind deine Vorbilder?«, fragte der Trainer jetzt Nelly.
Sie dachte kurz nach. »Die Sprinterin Shelly-Ann Fraser«, sagte sie schließlich und erklärte ihren Eltern: »Das ist die Frau, von der ich ein Poster an meiner Wand habe.«

Werner nickte. »Guck dir mal Lionel Messi vom FC Barcelona an, der wird dir auch gefallen.« Dann wandte er sich wieder an ihre Eltern. »Sie kommen ziemlich spät.«
Es war nicht ganz klar, ob er das auf die letzte Woche bezog oder es ganz allgemein meinte.
Nelly sah den Trainer erschrocken an und wollte etwas Entschuldigendes sagen.
Doch Boris kam ihr zuvor. »Das lag an uns. Cornelia …« Er stockte. Das passierte ihm sonst nie.
Anne half ihm aus. »Nelly dachte wohl bis gestern, dass wir eine Fußballerin als Tochter nicht akzeptieren würden.«
»Und?«, fragte der Trainer. »Ist das so?«
Anne schüttelte erst den Kopf und dann nickte sie.
Der Trainer hob fragend die Augenbrauen.
»Ich muss mich erst daran gewöhnen«, erklärte Anne.
Boris nahm ihre Hand. »Dabei gibt es auch sehr interessante Aspekte dieses Sports. Allein das Spielgerät …«
»Der Ball, Papa«, sagte Nelly.
Boris ließ sich nicht aus der Ruhe bringen. »Also

der Ball ist ja ein sehr schöner geometrischer Körper, ein abgestumpftes Ikosaeder.«
Der Trainer nickte nachsichtig. »Der letzte WM-Ball bestand allerdings nur noch aus acht zusammengeklebten Plastikelementen. Ist denn schon entschieden, auf welche weiterführende Schule Nelly nach den Sommerferien geht?«
Boris und Anne sahen sich an. Nelly schluckte. An die naturwissenschaftlich orientierte Schule hatte sie lange nicht mehr gedacht.
Der Trainer verschränkte die Arme vor der Brust und spielte Nelly mit seinen nächsten Worten einen Ball zu, den sie nur zu gerne an ihre Eltern weitergab: »Ich bin Fußballtrainer an einer Elite-Sportschule. Haben Sie davon schon gehört?«

ACHT:
Was du heute denkst, wirst du morgen sein

Bereits am Montagnachmittag trafen sie den Direktor der Fußballschule. Er hatte Nellys Zeugnis vom letzten Jahr vor sich und ein Gespräch mit dem Trainer Werner Rost hinter sich.
Auch er sagte: »Sie kommen spät. Die Anmeldungen für das nächste Schuljahr sind längst durch.«
Nelly musste so entsetzt ausgesehen haben, dass er lächelte. »Keine Sorge. Sie haben mit Herrn Rost und seinem Sohn zwei sehr engagierte Fürsprecher gefunden. Wir schulen in diesem Jahr vier Fußballerinnen ein. Mit Nelly sind es fünf. Allerdings werde ich Nelly zunächst nur für eine Probezeit aufnehmen. Wenn sie sich in der Klasse und in der Mannschaft bewährt, kann sie bleiben.«
Fußball als Unterrichtsfach, davon hatte Nelly noch nicht einmal zu träumen gewagt.

Die letzte Woche an der Grundschule verging wie im Flug. Nelly war froh, dass sie das Zeugnis, das ihr Frau Goldberg überreichte, nicht für die Aufnahme an der Sportschule brauchte. Vielleicht hätte es sich der Direktor sonst noch einmal anders überlegt.

Und dann klingelte es zum letzten Mal und Nelly packte ihre Sachen zusammen. Ein wenig traurig sah sie sich in ihrem alten Klassenzimmer um. Die Jungs, von denen die meisten sentimentale Momente wie diesen nicht mochten, verabschiedeten sich mit einem Tritt gegen den Papierkorb von ihrer Grundschulzeit. Die Mädchen hatten sich um Daria versammelt und wünschten sich gegenseitig alles Gute.

Nellys Blick fiel auf Lottes alten Platz und sie nahm sich vor, ihrer Freundin die Zeichnung von dem leeren Stuhl so bald wie möglich zukommen zu lassen. Lotte würde verstehen, was sie ihr damit sagen wollte.

Sie stapelte ihren Stehordner auf den Karton mit den Zeichensachen und verließ das Klassenzimmer.

»Nelly!«, rief ihr da jemand hinterher.

Langsam drehte sie sich um. Aber der hohe und

prall gefüllte Ordner versperrte ihr die Sicht. Der Stimme nach musste das Daria sein. Nelly schob den Ordner ein wenig beiseite.
»Ich hab gehört, du gehst jetzt doch nicht an die Hertz-Schule«, sagte Daria zögernd.
Nelly überlegte kurz, von wem sie das wohl gehört hatte.
Aber da sprach Daria schon weiter. »Dann sind wir seit dem Kindergarten das erste Mal getrennt. Wie schade.«
Damit hatte sie Recht, aber Nelly hatte das bisher nicht als Verlust betrachtet. Komisch, dass ausgerechnet Daria das so zu empfinden schien.
Plötzlich hatte es Nelly total eilig. »Dann schöne Ferien für dich«, sagte sie und rannte trotz Stehordner und Karton einfach los.
Zu Hause warf sie ihr Schulzeug in die Ecke und spurtete die tausendfünfundzwanzig Meter zum Bolzplatz. Sie war fast zwei Wochen nicht mehr dort gewesen. So lange hatte sie Tom nicht gesehen. Und angerufen hatte sie auch nicht.
»Hey Nelly, beeil dich und spiel mit«, rief Tom ihr schon von weitem entgegen.
Nelly atmete erleichtert auf und schlüpfte in ihre Stollenschuhe. Dabei sah sie sich um. Max war

nicht da. Er schien also sein »Ich spiel nicht mehr« wirklich ernst gemeint zu haben.
»Ich geh nach den Ferien auf eine Eliteschule des Fußballs«, erzählte Nelly den Jungs, als sie nach dem Spiel keuchend auf der Bank saßen.
»Wow«, sagte Tom.
»Biste jetzt was Besseres?«, fragte der dicke Stefan und sprach aus, was bestimmt alle gedacht hatten.
»Ach Blödsinn«, erwiderte Nelly verlegen. »Vielleicht schmeißen sie mich auch schon bald wieder raus. Ich bin nur auf Probe dort.«
»Dann kommste zu uns zurück, ey«, bot Cem ihr an.
»Das mach ich.« Nelly lächelte. »Na klar mach ich das.«
Wenig später löste sich die Gruppe auf. Bevor sie gingen, schüttelten ihr alle Jungs die Hand.
»Hau rein«, sagte Stefan noch.
Tom begleitete sie nach Hause.
»Was machst du denn in den Ferien?«, fragte er, nachdem sie eine Weile geschwiegen hatten.
»Das Mathecamp haben meine Eltern zum Glück abgesagt. Also bleibe ich hier und trainiere für die Sportschule.«

Tom grinste. »Ich fahr für drei Wochen zu meiner Tante an die Nordsee.«

Als sie vor Nellys Haustür ankamen, blieben sie stehen. Tom sah irgendwie ernst aus und auch ein wenig verlegen. Und plötzlich wusste Nelly wieder, wie schwer es sein konnte, sich zu verabschieden. Dabei war es diesmal nicht für immer. Aber ein bisschen fühlte es sich so an.

»Wenn ich zurück bin, gehen wir mal wieder Eis essen«, sagte Tom.

Aber Eisessen war nicht mehr nach Nellys Geschmack.

»Bis bald«, sagte sie nur und hätte ihre Stimme beinahe nicht wiedererkannt.

»Bis bald«, antwortete Tom und klang auch ganz komisch.

Nelly sah ihm sechshundertvier Meter lang nach, bis er um die Ecke verschwunden war, dann ging sie ins Haus.

Auf Frau Hinnenthals Treppenabsatz standen drei Koffer.

»Wenn du schon einmal dabei bist, dann können auch wir uns gleich verabschieden, Nelly«, sagte die alte Dame, die gerade ihre Wohnungstür schloss.

»Oh«, sagte Nelly. »Sie fahren weg?«
»Ich bin den Sommer über an der Ostsee. Man muss die Dinge auch mal aus einer anderen Perspektive sehen.«
Da fiel Nelly etwas ein: »Brauchen Sie vielleicht jemand, der Ihre Pflanzen gießt?«
Frau Hinnenthal lächelte. »Darüber habe ich auch schon nachgedacht. Aber leider habe ich gar keine Pflanzen, die man gießen muss. Doch meine Hunde werden sich sicher freuen, wenn du ihnen ab und zu Gesellschaft leistet.«
Frau Hinnenthal öffnete ihre Handtasche und holte einen Ersatzschlüssel hervor, den sie Nelly überreichte.
Dann half Nelly ihr die drei schweren Koffer nach unten zu schleppen, wo schon ein Taxi auf sie wartete.
Als das Taxi nach sechshundertvier Metern abbog, hatte Nelly langsam, aber sicher die Nase voll vom Abschiednehmen. Sie ging nach oben und schloss Frau Hinnenthals Wohnungstür auf. Ein blumiger Parfumgeruch lag in der Luft, aber ansonsten hatte sich hier nichts verändert.
»Da bin ich wieder«, sagte Nelly zu den Hunden.
Aber die meisten schienen zu schlafen. Und die

Hunde, die ihre Augen geöffnet hatten, sahen sie ziemlich unbeteiligt an.
»Erinnert ihr euch? Ich bin Nelly. Wir haben Fußball gespielt.«
Doch niemand antwortete.
»Ist schon in Ordnung«, sagte Nelly. »Ich meine, schön, dass wenigstens ihr hiergeblieben seid.« Sie lächelte.
Auf Frau Hinnenthals Küchentisch lag eine geöffnete Zeitung. Eine Anzeige war dick eingerahmt:

FC Bayern vs. FC Barcelona in der Allianz-Arena in München

Nelly starrte so lange darauf, bis sie vor ihren Augen verschwamm. Dann stürmte sie aus der Wohnung und hinauf zu ihren Eltern. Nelly hatte sich einen Floh ins Ohr gesetzt.

»Eine Eins in Sport«, sagte ihr Vater und schielte dabei immer wieder auf die Drei in Mathe.
»Hey«, sagte Anne, die seinen Blick bemerkte, »aber in Deutsch Gesamtnote zwei. Das ist doch beinahe sehr gut. Das müssen wir feiern! Wünsch dir was, Nelly.«

Und Nelly hatte wirklich einen Wunsch. Sogar einen ziemlich großen. »Ich will nach München in die Allianz-Arena. Ich will sehen, wie Lionel Messi rennt.«
Boris und Anne sahen sie völlig verständnislos an. Klar, sie hatten ja keine Ahnung, dass Lionel Messi der beste Fußballer der Welt war.
»Außerdem muss ich Lotte unbedingt den Stuhl bringen und sehen, wie es ihr geht.«
»Was für einen Stuhl?«, fragte Boris.
Nelly holte die Zeichnung aus ihrem Zimmer.
Ihre Eltern betrachteten den Stuhl so genau, als hätte ihn ein ziemlich bedeutender Künstler gezeichnet. Aber ein besonders intelligentes Gesicht machten sie dabei nicht.
»Kannst du Lotte nicht einfach erst mal anrufen?«, fragten sie schließlich.
Nelly schüttelte den Kopf. Es gab Dinge, die konnte man eben nicht am Telefon besprechen. Und dieser Stuhl gehörte dazu.
Jetzt war es so still in ihrer Wohnung, dass Nelly Frau Hinnenthals Kuckucksuhr von unten schlagen hörte.
Dann nahm Boris Annes Hand und lächelte.
»Das Mathematische Kabinett im Deutschen Mu-

seum in München ist einmalig in der Welt«, sagte er.

Anne nickte und lächelte zurück. Dann holten sie ihre Kalender.

»Also zuerst müssen wir sehen, ob es überhaupt noch Karten für das Spiel gibt. Und wenn ja, dann besuchst du Lotte, bringst ihr den Stuhl und wir gehen alle zum Fußball.« Bei diesen Worten sah Anne vorsichtig zu Boris, als wollte sie sich versichern, dass er sie nicht für verrückt hielt.

»Wir gehen zum Fußball«, wiederholte Boris ohne Zögern.

Nelly umarmte erst Anne, dann Boris, dann wieder Anne und danach Boris. Sie freute sich unbändig – auf Lotte und auf das Spiel und auf die Reise mit ihren Eltern.

Zwei Wochen später saßen sie im Auto Richtung München.

Die ganzen fünfhundertachtundachtzig Kilometer hatte Nelly Herzklopfen. Sechs Stunden und vierunddreißig Minuten lang. Dann waren sie endlich in der Agnesstraße, wo Lotte wohnte. Und Nellys Herzklopfen wurde noch heftiger.

Sie hatte Lotte nicht angerufen. Sie hatte beschlos-

sen vor ihrem Haus auf sie zu warten, bis sie aus der Schule kam. Denn Lotte hatte noch keine Ferien. Ihre Eltern hatte Nelly so lange in ein Café geschickt.
Als Lotte dann endlich am Ende der Agnesstraße auftauchte und mit ihrer schweren Schultasche Meter um Meter auf Nelly zugehüpft kam, passierte etwas Komisches mit der Zeit.
Sie geriet nämlich ziemlich durcheinander.
Die Zeit, die Lotte brauchte, um Nelly zu erreichen, die Augen aufzureißen und »Nelly!« zu rufen, war lang. Es dauerte mindestens genauso lange wie das halbe Jahr, währenddessen Nelly und Lotte einander nicht gesehen hatten. Jeder Schritt war so lang wie ein Tag, und beinahe einhundertzweiundachtzig Schritte musste Lotte gehen, ehe sie endlich wieder vor Nelly stand.
Doch alle Zeit, die danach kam, verging wahnsinnig schnell, viel schneller, als sonst eine ganz gewöhnliche Woche braucht, um vorüberzugehen.
»Nelly?«, sagte Lotte zum zweiten Mal.
»Lotte!«, sagte Nelly, und: »IchhabdirdenStuhlmitgebracht.« So schnell hatte sie noch nie gesprochen.

Dann holte sie die Zeichnung aus ihrem Rucksack. Die war inzwischen schon ziemlich verknittert, aber der Stuhl darauf war ganz deutlich zu erkennen.
Lotte sah ihn lange an. Sie fragte nicht: Was für ein komischer Stuhl soll denn das sein, bitte schön? Sie fragte überhaupt nichts. Sie nickte einfach. Und dann lachte sie. Und dann sagte sie: »Mensch, Nelly.« Und dann umarmten sie sich.
Als sie wenig später in Lottes Zimmer saßen, rückte Nelly mit ihrer großen Neuigkeit heraus.
»Ich bin jetzt eine Fußballerin.«
»Super«, sagte Lotte. »Das klingt richtig super.«
»Ich wusste, dass du das so siehst«, sagte Nelly.

Das Stadion, das rot leuchtend am Ende der großen Allee lag, sah aus wie ein riesiges Schlauchboot, das nur darauf wartete, dass sie einstiegen und gemeinsam weit weg aus der gewöhnlichen Zeit glitten.
Zusammen mit Nellys Eltern schritten die Mädchen durch den Eingang. Wie von einem Magneten wurden von überall her Menschen angezogen. So viele hatte Nelly noch nie auf einem Haufen gesehen. Das waren bestimmt Tausende oder eher

Zehntausende Fußballfans. Die meisten trugen die Farben ihrer Mannschaft, es gab jede Menge Rote für Bayern und ein paar Blaue für Barcelona.
Als sie ihre Plätze endlich gefunden hatten, konnten sie von ganz weit oben ganz weit nach unten auf das Spielfeld blicken. Bis zum Anpfiff war noch eine Stunde Zeit. Doch bereits jetzt lag Spannung in der Luft. Sie steigerte sich noch, als die Spieler in den hellblauen und den rot-weiß gestreiften Trikots auf den Platz kamen.
Nelly musste an Tom denken, als sie Lotte den Namen jedes Fußballers nannte.
»Da ist Lionel Messi«, sagte sie und zeigte aufgeregt auf einen Spieler von FC Barcelona. »Sein Spitzname ist Floh, weil er so klein ist und so schnell rennen kann. Und da ist Thomas Müller, der beste Juniorspieler der Weltmeisterschaft 2010.«
Als Nelly die beiden Namen ausgesprochen hatte, war ihr, als würden Thomas Müller und Lionel Messi zu ihnen nach oben schauen.
»Hast du das gesehen?«, fragte sie Lotte aufgeregt.
Lotte nickte. Natürlich hatte sie das gesehen.
»Und für wen bist du jetzt?«, fragte sie.

Nelly zuckte mit den Schultern. Sie konnte sich einfach nicht entscheiden. Wenn sie das mit den Farben gewusst hätte, wäre sie bestimmt in roter Hose und blauem T-Shirt hierhergekommen.
Schon in der dritten Spielminute applaudierten sie jedenfalls laut für die Bayern. Da schoss Thomas Müller nämlich ein so unglaublich schönes Kopfballtor, dass die meisten Zuschauer, sogar Anne und Boris, von ihren Sitzen aufsprangen und vor Freude laut jubelten.
In der vierunddreißigsten Spielminute löste sich Thomas Müller aus dem Mittelfeld und rannte ohne Ball in den gegnerischen Strafraum. Alle starrten wie gebannt auf den Fußballer. Was hatte er vor? Wartete er darauf, den Ball zugespielt zu bekommen?
Doch plötzlich passierte etwas Unglaubliches: Thomas Müller wandte sich um, hob die Hand und winkte Nelly und Lotte zu!
Nelly sah ihre Freundin Lotte an und Lotte sah ihre Freundin Nelly an, und dann hoben auch sie die Hand und winkten glücklich zurück. In diesem Moment kam der Ball angeflogen und sprang an Thomas Müllers Hand.
Und weil weder der Schiedsrichter noch seine bei-

den Fähnchenschwenker am Spielfeldrand wussten, dass Thomas Müller den beiden Mädchen nur freundlich gewunken hatte, bekam er in der fünfunddreißigsten Spielminute eine Gelbe Karte.
Lotte war so empört darüber, dass sie am liebsten auf den Rasen gerannt wäre, um dem Schiedsrichter ihre Meinung zu sagen. Doch Nelly hielt sie zurück und erklärte ihr, was sie von Max gelernt hatte. »Tatsachenentscheidungen des Schiedsrichters sind unanfechtbar.«
Und mit dieser unanfechtbaren Entscheidung ging das Spiel einfach weiter. FC Barcelona bekam einen Freistoß. Lionel Messi ging zum Ball. Ringsum ertönten verwunderte Stimmen. Warum wollte der Stürmer einen Freistoß im eigenen Strafraum ausführen?
»Das macht eigentlich der Torwart«, erklärte Nelly.
Aber Messi zeigte es ihnen. Er rannte mit dem Ball über das gesamte Spielfeld, gab nicht ab und dribbelte alle Gegner aus. Dann stand er vorm Tor. Ohne zu zögern, schoss er und verwandelte!
1:1.
Nelly saß staunend da. Jetzt wusste sie, warum

Werner Rost sie auf diesen Fußballer hingewiesen hatte. Er spielte genauso wie sie.
Nach der Halbzeitpause konnte Lotte kaum noch sprechen, so laut und oft hatte sie allen erklärt, dass Thomas Müller lediglich ihrer Freundin Nelly, die auch eine Weltklasse-Fußballerin war, zugewunken hatte! Nach neunzig Minuten hatte sie überhaupt keine Stimme mehr. Aber wenn zwei wirklich Freundinnen sind, dann verstehen sie sich auch ohne Stimme.
Am Ende blieb es beim 1:1. Und Anne und Boris fuhren mit zwei stillen, aber strahlenden Mädchen durch das nächtliche München.
Ab jetzt raste die Zeit. Und nachdem Lotte ihnen ihre Schule und ein bisschen von ihrem Münchner Leben gezeigt hatte, sah Nelly noch, wie ihre Freundin winkte. Aber dann verschwand erst Lotte, danach die Agnesstraße und schließlich auch München. Und als sie die Augen schloss und anschließend wieder öffnete, war sie schon fünfhundertachtundachtzig Kilometer von der schönsten Sommerwoche ihres Lebens entfernt.

NEUN:
Fünfhundertachtundachtzig Kilometer entfernt

Nellys Schulkleidung war geliefert worden. Auch die neuen Schulbücher hatte sie ordentlich in ihre Tasche sortiert, die jetzt fertig gepackt in der Ecke stand. Und das bedeutete: Die Ferien waren endgültig vorbei.

Am letzten Sonntag vor Schulbeginn half Nelly Frau Hinnenthal ihre Koffer wieder nach oben zu schleppen.

»Wie war dein Sommer?«, fragte die alte Dame.

»Furchtbar lang und viel zu kurz«, antwortete Nelly, »aber total schön. Ich habe meiner Freundin Lotte den Stuhl nach München gebracht und wir waren zusammen in der Allianz-Arena. Thomas Müller hat uns gewunken. Dafür hat er eine Gelbe Karte bekommen. Und dann hat Lionel Messi ein Tor wie ich geschossen.«

Während Nelly erzählte, beobachtete sie Frau Hinnenthal genau. Sie wartete auf ein Nicken, ein Klimpern mit den Augen oder auf irgendein anderes Zeichen, dass sie all das bereits wusste. Aber Elsa Hinnenthal klimperte nicht und zeigte auch sonst keine Reaktion. Nur ihre beiden Ohrringe lächelten Nelly an.

Also erzählte Nelly eben weiter. »Ach, und Ihre Hunde hatten ziemlich schlechte Laune. Ich hab sie ein paarmal besucht, aber es war überhaupt nichts mit ihnen anzufangen.«

Frau Hinnenthal lachte, ein leises, gluckerndes Lachen, das ein bisschen an gurgelndes Wasser erinnerte. »Das darfst du ihnen nicht übel nehmen. Sie waren verstimmt, dass ich ohne sie weggefahren bin. Aber manchmal muss man jemand einfach gehenlassen. Das ist meistens die beste Garantie dafür, dass er dann irgendwann auch wieder zurückkehrt.«

»Sie sind jedenfalls zurückgekommen«, sagte Nelly.

Inzwischen hatte Frau Hinnenthal ihre Tür aufgeschlossen.

»Können wir einen Kakao zusammen trinken?«, fragte Nelly. Wegen des ersten Tages an der neuen

Schule morgen hatte sie nämlich ziemlich weiche Knie.
»Auf einen Kakao habe ich auch große Lust!«, antwortete Frau Hinnenthal.
Als das heiße Getränk schließlich auf dem Tisch stand, zusammen mit der Streublümchenzuckerdose, sahen beide in ihre Tassen und sagten gleichzeitig: »Stir it up.«
Dann kicherten sie, so wie Nelly mit Lotte gekichert hatte. Und Nelly fühlte sich gleich viel besser.

Am Montagmorgen brachte Anne Nelly zur Schule. Nelly war sich nicht sicher, ob sie das peinlich fand, aber ihre Mutter bestand darauf.
Vor ihrem neuen Klassenzimmer machte Nelly halt, um sich zu verabschieden. Anne überreichte ihr ein eigenes Handy zum neuen Start.
Nelly war sprachlos. Sie umarmte ihre Mutter stürmisch.
Anne lachte. »Lass mich nur einmal kurz einen Blick in dein Klassenzimmer werfen und die vielen Sportler und Sportlerinnen ansehen«, sagte sie dann und stolperte dabei wieder mal über das Sp.
Vom Direktor wussten sie, dass in ihrer Klasse nicht

nur Fußballerinnen und Fußballer waren, sondern auch Tischtennisspieler, Ruderer, Schwimmerinnen und eine Leichtathletin. Die meisten trainierten schon von klein auf. Nelly kam sich dagegen wie ein Spätzünder vor.

»Mama«, sagte sie ein winziges bisschen genervt. Aber gleichzeitig freute sie sich auch, dass Anne sich für ihre neue Klasse interessierte. Und darüber, dass sie jetzt auch eine der Sportlerinnen war.

Das war einen Atemzug später vorbei.

»Ach, das ist ja das Schwalbenbaby, das sich nicht mal traut einen Elfmeter zu schießen. Du kannst dich wohl nicht von Mama trennen?!«, sagte jemand hinter ihnen so laut, dass alle, die bereits in der Klasse saßen, zur Tür sahen.

Nelly und Anne fuhren erschrocken herum und standen einem dunkelhäutigen Mädchen mit Rastalocken gegenüber.

Nelly hätte Marcia beinahe nicht wiedererkannt. Sie war noch größer, als sie sie vom Spiel in Erinnerung hatte, aber sie guckte genauso verächtlich wie damals. Dann ging sie ins Klassenzimmer.

Nelly schluckte. Marcia war in derselben Klasse wie sie! Und wegen ihr glaubten jetzt alle, dass Nelly ein Mädchen war, das schummelte, um eine

Chance zu kriegen, und Angst vorm Elfmeter hatte.

Nelly betrat das Klassenzimmer mit einem Gesicht, das mindestens – ja, genau – so rot war wie ihre Haare. Sie suchte sich einen freien Platz, und wie sie es nach Marcias gemeiner Bemerkung erwartet hatte, setzte sich niemand neben sie.

Doch dann stupste sie jemand von hinten an und sagte: »Hey Nelly!«

Nelly sah sich um. Hinter ihr saßen Betty und Jette. Die beiden gingen also auch in ihre Klasse. Das fühlte sich schon ein bisschen besser an.

»Mach dir nichts draus«, sagte Betty und Jette fügte hinzu: »Vergiss Marcia.«

Jetzt lächelte Nelly ein ganz kleines bisschen. Und sie versuchte Marcia zu vergessen. Aber das war gar nicht so einfach, denn Marcia ließ sie nicht in Ruhe.

»Na, haste geheult, als Mami gehen musste?«, fragte sie in der nächsten Pause.

Nelly antwortete nicht. Ihr war wirklich zum Heulen zu Mute gewesen, als Anne heute Morgen verschwunden war.

Dann fing Marcia wieder von Nellys angeblicher Schwalbe an. Und weil sich Nelly nicht besonders

gerne verteidigte, schon gar nicht für etwas, was überhaupt nicht stimmte, blieben die Bemerkungen einfach im Raum stehen.
Zum Glück wussten wenigstens Betty und Jette, wie es wirklich gewesen war.

Am Ende der ersten Woche stand Nelly mittags in der Cafeteria. Sie hatte in den letzten Tagen ziemlich oft an Max gedacht. Und sie hatte keine Ahnung, wie es ihm ging. Kurz entschlossen holte Nelly ihr Handy raus und rief ihn an.
»Hey Max, ich bin's, Nelly«, sagte sie leise. Und dann, bevor sie der Mut verließ, fügte sie ganz schnell hinzu: »Ichwolltemichbeidirbedanken. Ohne dich wäre ich nie an die Sportschule gekommen.«
»Das kannst du leicht wiedergutmachen«, antwortete Max. »Bring mir einfach ein großes Stück Erdbeerkuchen mit.«
Nelly fiel fast das Telefon aus der Hand. Vor ihr in der Kuchenauslage stand eine verlockend aussehende Erdbeertorte! Aber woher wusste das Max?
Sie drehte sich um.
Am anderen Ende der Cafeteria stand Max und

winkte lässig. Grinsend kam er auf sie zu. »Jetzt versteh ich, warum sie die Cafeteria immer das Begegnungszentrum der Schule nennen.«
Nelly sah ihn fragend an. Was machte er hier? Ohne dass sie etwas sagen musste, bekam sie ihre Antwort.
»Ich geh hier zur Schule«, erklärte Max.
»Aber du hast gesagt, dass du nicht mehr spielst.«
»Da hab ich auch nicht gelogen.«
Jetzt verstand Nelly gar nichts mehr. Also bezahlte sie erst mal zwei Stückchen Erdbeertorte und dann setzten sie sich an einen freien Tisch am Fenster.
Einen Moment lang blieb es still, schließlich sagte Max: »Du brauchst dich übrigens nicht bei *mir* bedanken, sondern bei Herrn Morbus Osgood-Schlatter.«
Er sah ziemlich ernst aus, deshalb traute sich Nelly nicht, einfach loszulachen. Obwohl Morbus Osgood-Schlatter nach so ziemlich allem klang, nur nicht nach etwas Ernstem.
Max ahnte wohl, dass sie nur Bahnhof verstand.
»Dieser Schlatter ist eine Krankheit und geht einem an die Knochen. Irgendwann kann man dann nicht mehr so viel trainieren, jedenfalls nicht

genug, um Leistungssportler zu bleiben. So war das auch bei mir. Aber ich wollte einfach nicht mit dem Training aufhören. Deshalb bin ich heimlich zu einem Bolzplatz gefahren, bei dem ich sicher war, dass mich dort niemand kennt. Und als du dann aufgetaucht bist, hab ich nicht mehr mich, sondern dich trainiert. Und vielleicht ist das jetzt meine Zukunft.«

Max lächelte. Er merkte wohl selbst, dass er für seine Verhältnisse ziemlich viel geredet hatte. »Wenn du Trainer werden willst, dann musst du dir den Mund fusslig reden können. Das üb ich schon mal.«

Nelly schwieg. Sie wusste einfach nicht, was sie sagen sollte.

»Hat's dir die Sprache verschlagen? Angst vor Morbus Schlatter? Den kriegen Mädchen eher nicht.«

Doch Nelly dachte immer noch darüber nach, was Max eben gesagt hatte. Wenn sie ihn richtig verstanden hatte, dann hatte sie ihm, ohne es zu wissen, ein bisschen Zukunft geschenkt.

Nelly guckte auf ihre Hände. Am liebsten hätte sie Max einfach umarmt, aber das traute sie sich nun doch nicht. Stattdessen sagte sie: »Ich finde, du bist ein super Trainer.«

»Ist heute mein Geburtstag? Oder was ist los?«, fragte Max spöttisch und aß ein Stückchen Torte. Aber etwas in seiner Stimme verriet Nelly, dass er sich freute.
Sie zuckte mit den Schultern. »Ich sag nur, was ich denke.«
Max strich sich die Haare aus der Stirn. »Ich mach jetzt Kurse in Sportmanagement und hab auch schon Traineraufgaben hier an der Schule. Vielleicht betreu ich dich ja wirklich bald mal wieder. Das wär doch super, oder?«
»Ich hab aber erst im September Geburtstag.« Nelly grinste.
»Dann bis bald«, sagte Max und stand auf.
Nelly sah ihm hinterher. Dass er auch hier war, fühlte sich an, als hätte sie einen älteren Bruder, der für sie einstand. Und sie hätte sich keinen besseren Bruder vorstellen können als Max.

Bis auf den Montag, an dem nicht trainiert wurde, begann für Nelly jetzt jeder Schultag mit dem Trainer Werner Rost.
Die Sportanlage an der Jungfernheide, wo sie morgens siebzig Minuten trainierten, war ziemlich weit von Nellys Zuhause entfernt. Deshalb

musste sie beinahe eine Stunde früher aufstehen als gewohnt. Doch das machte ihr nichts aus.

»Wer sich auf seinen Lorbeeren ausruht, trägt sie an der falschen Stelle«, sagte der Trainer jeden Morgen als Erstes zu den Mädchen.

Dann lachten sie, weil sie sich vorstellten, wo genau die Lorbeeren befestigt waren. Und anschließend trainierten sie mit Feuereifer. Im September fanden nämlich die Bundesfinalspiele von *Jugend trainiert für Olympia* statt – genau an Nellys Geburtstag. Und ihre Schule war dafür mit zwei Mädchenmannschaften und einer Jungsmannschaft qualifiziert.

»Das ist eine Auszeichnung für euch und für mich und für alle anderen, die dazu beigetragen haben«, sagte der Trainer und seine Assistentin Resa nickte bekräftigend. Und dann erklärte er den fünf neuen Mädchen, dass auch sie mit auf den Rasen durften, wenn sie sich Mühe gaben und ihn und Resa überzeugten.

Sie gaben sich Mühe. Die neuen und auch die erfahrenen Spielerinnen. Aber obwohl die meisten schon jahrelang Fußball spielten, gab es noch viel zu lernen. Und das ließ der Trainer sie auch wissen.

»Ich will keine Zirkusartisten aus euch machen, aber als Fußballerinnen solltet ihr den Ball schon ein wenig jonglieren können. Auch auf dem Oberschenkel und der Stirn!«, sagte er zum Beispiel.
Und weil er mit ihren Jonglierkünsten nicht zufrieden war, sollten sie das in jeder freien Minute üben. Das Problem dabei war, dass sie keine freie Minute hatten.
Wenn Nelly nach dem Training ausgepowert im Bus zur Schule saß, hatte sie manchmal das Gefühl, dass ihr alles zu viel wurde. Und wenn dann auch noch Marcia was Gemeines zu ihr sagte, sehnte sie sich nach dem Bolzplatz zurück.

Abends kam Nelly jetzt immer ziemlich erschöpft nach Hause. Am liebsten hätte sie sich dann auf der Stelle in ihr Bett geschmissen. Aber meistens klappte das nicht, weil ihr Vater ihr noch unbedingt etwas zeigen oder erklären wollte.
Boris hatte nämlich eine neue Leidenschaft für sich entdeckt: Mathematik und Fußball. Sobald Nelly die Wohnung betrat, bombardierte er sie mit seinen neuesten Forschungsergebnissen.
An diesem Abend ging es ums Torschießen.
»Die Schussposition auf dem Feld, von der aus die

Wahrscheinlichkeit, dass man ein Tor schießt, am höchsten ist, lässt sich mit mathematischen Methoden bestimmen«, erklärte Boris aufgeregt.
»Aha«, sagte Nelly und schmiss müde ihre Tasche in die Ecke. Nächsten Samstag fanden die Bundesfinalspiele statt und ihre Vorbereitung lief gar nicht gut. Für die Theorien ihres Vaters hatte sie gerade gar keinen Kopf.
Doch Boris ließ nicht locker. »Verstehst du nicht? Ich kann ausrechnen, wo du stehen musst, damit du ein Tor schießt!«
Jetzt war Nelly doch interessiert.
Boris zog sie ins Arbeitszimmer und holte einen Zettel und einen Stift. »Ziel meiner Berechnung ist die optimale Sicht auf das Tor. Das heißt, du musst das Tor unter einem möglichst großen Winkel sehen.« Er schaute Nelly erwartungsvoll an.
Aber sie zuckte nur mit den Schultern. Das war alles, was er rausgekriegt hatte? Das mit dem Winkel zeigte ihnen Resa jeden Tag mit kleinen Figuren auf einer Magnettafel. Und es hatte Nellys Torerfolge bisher nicht wesentlich verbessert. Im Gegenteil. Irgendwie verstopfte ihr jede Theorie den Kopf.
»Ich weiß«, sagte Boris, der wohl Nellys Enttäu-

schung spürte. »Es ist noch ein bisschen theoretisch. Aber gib mir einfach ein wenig Zeit, dann setzen wir das in die Praxis um.«

Leider hatte Nelly nicht mehr besonders viel Zeit. Zumindest nicht für das Bundesfinalspiel.

Sie ging in die Küche, wo Anne gerade das Abendessen vorbereitete. Auch Nellys Mutter hatte eine neue Leidenschaft entdeckt, für die es natürlich auch ein entsprechendes Buch gab: »Kochen für Leistungssportler«.

»Riech mal, das ist mein Schuss in den Ofen«, sagte sie stolz, als sie Nelly sah.

Die staunte. Es roch wirklich gut. Jedenfalls genau drei Minuten lang. Dann rauchte der Ofen.

»Das ist ein richtiger Krustenbraten. Mit Sauerkraut!«, rief Anne, den Tränen nah, und riss das Fenster auf.

»Das *war* ein Krustenbraten, Mama.«

»Dann schneiden wir eben das Verbrannte ab.«

Anne holte ihr frisch geschärftes Küchenmesser aus der Schublade. Aber alles Schneiden war umsonst. Vom Krustenbraten blieb nichts übrig. Nicht einmal das Sauerkraut.

Zum Glück hatten sie noch eine Packung Knäckebrot. Und Nelly kochte einen Kakao dazu. Er

schmeckte fast so gut wie der Wunderkakao von Frau Hinnenthal.
Kaum war sie fertig, schlief Nelly beinahe am Abendbrottisch ein. Aber sofort schreckte sie wieder hoch. Sie durfte sich nicht ausruhen, sie musste sich auf das Spiel vorbereiten!
»Ich werde noch ein bisschen mit dem Ball trainieren«, murmelte sie, bevor sie endgültig einschlief.
Boris trug Nelly vorsichtig in ihr Bett. Anne legte den Wollknäuelball unter das Kissen und hoffte, dass ihre Tochter das perfekte Jonglieren so über Nacht lernte.

ZEHN:
Zum Laufen gehört mehr als schnell sein

Aber weder Nellys Kakao noch Annes Hoffnung, noch das ständige Training in der Fußballschule trugen Früchte.
Im Gegenteil. Nelly wurde immer fahriger, immer unkonzentrierter und immer ungenauer. Sie fürchtete sich richtig vor dem Spiel. Nicht zuletzt, weil sie mit Marcia auf den Platz musste. Die jonglierte nämlich immer geschickter mit dem Ball. Und schon bald schaffte sie die ganze Palette: linkes Bein, rechtes Bein, Fußspann, Oberschenkel, Stirn – und alles, ohne abzusetzen!
Es war wie verhext. Als Nelly noch auf dem Bolzplatz gespielt hatte, war es kein Problem gewesen, sich ganz auf das Spiel, den Ball zu konzentrieren, so dass alles andere von ihr abfiel. Und ausgerechnet jetzt, wo sie diese Ruhe und Gelassenheit so dringend brauchte, gelang es ihr nicht mehr.

Darum konnte sie auch nicht einfach darüber hinweghören, dass Marcia »Versagerin« oder andere fiese Gemeinheiten zischte. Und sie schaffte es nicht mehr, immer nur an den Ball, an den nächsten Schritt zu denken. Nicht einmal die einfachsten Übungen gelangen. Es fiel ihr schwer, den Ball genau im richtigen Moment abzuspielen, und es fiel ihr noch schwerer, zum Abschluss zu kommen und den Ball ins Tor zu jagen.
Bis zum Finale waren es nur noch zwei Tage. Und Werner Rost schien jede ihrer Schwächen elf Meter gegen den Wind zu riechen. Nach einem ziemlich entmutigenden Vormittag auf dem Platz, dem ein genauso entmutigender Trainingsnachmittag folgte, bat er Nelly um ein Gespräch unter vier Augen.
Er hatte morgens angekündigt, dass er bald ihre Spielaufstellung bekannt geben würde. Sein Gesichtsausdruck verhieß jedenfalls nichts Gutes. Wahrscheinlich hatte er sich jetzt entschieden, dass Nelly nicht bei den ersten elf dabei sein würde.
»Was ist los mit dir?«, kam er gleich zur Sache. »Du bist fahrig und unkonzentriert. Du willst eine Fußballerin sein, hast aber Angst vor dem Tor.«

Nelly zuckte mit den Schultern. Was sollte sie auch sagen? Dass sie sich Mühe gab? Wie klang denn das? Mühe geben reichte eben nicht. Oder sollte sie ihm erzählen, dass ihr Vater die optimale Torschussposition berechnet hatte, ihr aber nicht sagen konnte, wie sie die Angst vor dem Schuss bekämpfte? Dass sie sich jeden Morgen und jeden Abend vorm Spiegel selbst Mut zusprach? Dass der Mut dann aber nicht bis auf den Platz reichte? Und schon gar nicht für den Schuss ins Tor?

Der Trainer wartete auf eine Antwort. Aber Nelly hatte einfach keine.

»Gut, das werden wir vor dem Spiel nicht mehr lösen können.« Werner Rost verschränkte die Arme vor der Brust. »Dann erklär mir doch wenigstens, was mit dir und Marcia los ist. Dieser Kleinkrieg zwischen euch wirkt sich inzwischen auf die ganze Mannschaft aus. Wie sollen wir das Finale gewinnen, wenn ihr euch so anzickt?«

»Ich …«, setzte Nelly an, aber dann schloss sie den Mund wieder. Sie wollte sich nicht verteidigen müssen.

Wieder wartete der Trainer eine Weile auf ihre Antwort und sprach dann weiter. »Marcia ist eine klare Anwärterin auf die Trikotnummer zehn. Sie

ist eine Spielmacherin, sie treibt die Mannschaft an. Aber du könntest ihr ebenbürtig sein. Das weiß ich, das weiß sie und ich hoffe, du weißt es auch. Aber solange du kein Tor schießt, gehörst du nicht in die Angriffsspitze. Trau dich doch einfach mal!«
Nelly nickte tapfer, bevor sie vom Platz ging. Aber tief in ihr hatte sie jeder Mut verlassen.

Als Nelly am Freitagnachmittag mit hängendem Kopf nach Hause kam, saßen ihre Eltern am Küchentisch und erwarteten sie gespannt. Anne lächelte. Boris sah ziemlich verstrubbelt aus. Nur die Wohnung war ausnahmsweise mal total aufgeräumt.
Nelly wunderte sich, dass die beiden schon zu Hause waren, denn sie selbst war heute früher dran als sonst. Wegen des anstehenden Turniers hatten sie den Nachmittag frei.
»Hey Nelly, schön, dass du da bist«, rief ihr Anne aus der Küche zu.
Aber Nelly ignorierte die freundliche Begrüßung. »Fragt mich jetzt auf keinen Fall, wie der Trainer sich entschieden hat«, sagte sie finster und hatte damit alle Fragen ihrer Eltern bereits beantwortet.

Sie warf die Tasche in die Ecke und verkroch sich im Bett. Aber so einfach ließen Anne und Boris sich nicht abwimmeln. Sie setzten sich zu ihr und Anne strich ihr über den Kopf.
»Ich heule gar nicht«, murmelte Nelly, ohne ihre Eltern anzusehen. Dabei lief ihr mindestens eine Träne die Wange herunter.
Sie war so enttäuscht. Trotz aller Vorahnung hatte sie gehofft unter den ersten elf zu sein. Doch heute hatte Werner Rost entschieden, dass sie auf die Ersatzbank kam.
»Aber ...«, versuchte Boris einzuhaken.
»Da gibt's kein Aber«, unterbrach ihn Nelly. »Und wir reden jetzt auch auf der Stelle über was anderes.«
Anne drückte ihre Tochter fest an sich. Dann sah sie auf die Armbanduhr, die ihr Boris zu Nellys Geburt geschenkt hatte. »Es ist Zeit«, stellte sie fest.
Boris nickte und holte den Autoschlüssel.
»Dann auf mit Gebrüll«, sagte er und zog Nelly aus dem Bett, die Treppen hinunter und zu ihrem Auto.
Nelly war froh über jede Ablenkung, aber sie hätte gerne gewusst, wohin die Fahrt ging. Doch ihre

Eltern lächelten nur geheimnisvoll. Erst als sie am Flughafen parkten, war klar, dass irgendjemand zu Besuch kam. Jemand von weit weg.
Es war Lotte. Sie strahlte wie ein Wandelstern, als sie Nelly entgegenlief.
»Hast du geglaubt, du kannst deinen Geburtstag ohne mich feiern?«, fragte sie und umarmte Nelly.
Und Nelly umarmte sie zurück. Eigentlich freute sie sich, dass ihre Freundin nach Berlin gekommen war. Aber eben nur eigentlich. Das Problem war, dass sich Nelly für ihren bevorstehenden Geburtstag überhaupt nicht interessierte. Sie dachte nur noch an das Spiel.
»Wie habt ihr euch das denn vorgestellt? Falls ihr euch erinnert, verbringe ich meinen Geburtstag auf dem Fußballplatz! Davon mindestens neunzig Minuten auf der Ersatzbank. Danach darf ich dem Zeugwart garantiert noch beim Aufräumen helfen, weil ich mich ja die ganze Zeit ausgeruht habe. Und zu dem Zeitpunkt hab ich so schlechte Laune, dass ich alles will, nur nicht Geburtstag feiern.«
Genau genommen hatte sie schon jetzt ziemlich schlechte Laune.
Nach diesem Ausbruch sagte keiner mehr was.

Schweigend fuhren sie nach Hause, schweigend gingen sie die Treppen nach oben und schweigend bezogen sie das Gästebett für Lotte.
Inzwischen bedrückte Nelly das anhaltende Schweigen selbst. Aber sie wusste einfach nicht, wie sie wieder an die Fröhlichkeit des Sommers anknüpfen sollte.
Und zum ersten Mal hatte Lotte auch keine Idee.
»Das ist doch alles Käse!«, rief da Anne aus der Küche, wo sie zur Feier des Tages eine Käseplatte zusammenstellte.
Und Boris sagte: »Übrigens, ich hab auch noch was vorbereitet.« Er verschwand kurz im Arbeitszimmer und kam mit einer kompliziert aussehenden Skizze wieder.
»Ich hab noch mal über das Problem von neulich nachgedacht«, sagte er, während er sich seine Turnschuhe anzog.
Bis zu diesem Moment hatte Nelly gar nicht gewusst, dass Boris überhaupt Turnschuhe besaß.
»Man muss das Tor in einem möglichst großen Winkel sehen – und das ist am Ende ein geometrisches Problem. Wenn du dich auf der Torauslinie befindest, dann ist der Sichtwinkel gleich null. Der Winkel geht auch gegen null, je weiter

du dich vom Tor entfernst. Irgendwo dazwischen muss also der optimale Schusspunkt liegen.«
Er band die Schnürsenkel zu und sprang auf. »Hey, was guckt ihr denn so? Los, los. Zieht eure Sportsachen an!«
Das war überhaupt nicht der Boris, den Nelly kannte.

Draußen gingen sie tausendfünfundzwanzig Meter geradeaus. Dann waren sie am Bolzplatz. Dort erwarteten sie Tom und der dicke Stefan.
Nelly bekam den Mund einfach nicht wieder zu.
»Schön, dass ihr noch mal gekommen seid«, sagte Boris.
»Klaro«, nickte Stefan und sie klatschten einander ab.
»Dann sehen wir dich wenigstens noch mal, bevor du älter wirst.« Tom grinste Nelly an. Dann stellte er sich Lotte vor. »Ich bin Tom.«
»Ich hab schon viel von dir gehört«, sagte die und gab ihm die Hand.
»Dann fangen wir jetzt mal an«, unterbrach Boris das Geplänkel. »Ich hab das mit dem Winkel zwar ausgerechnet, aber auf dem Papier ist das alles

grauer Dunst. Man muss die Theorie auch anwenden. Und dabei haben mir Tom und Stefan geholfen. Wusstest du, dass der Torwart der beste Elfmetertrainer ist?«

Jetzt erst bemerkte Nelly, dass der gesamte Bolzplatz voller farbiger Markierungen war.

»Die sind von heute Nachmittag«, erklärte ihr Tom.

Nelly nickte mechanisch. War das wirklich ihr Vater? Der Mann mit den drei Computern, der nie Zeit hatte und Ballspiele und jede andere körperliche Ertüchtigung verabscheute? Aber ihr blieb keine Zeit, sich weiter darüber zu wundern. Jetzt wurde gespielt!

Stefan ging ins Tor. Und Nelly musste gegen Boris, Lotte und Tom antreten.

»Das heißt ›Englisches Halbes‹«, erklärte ihr Boris. »Wir bilden zwei Mannschaften. Du spielst mit Lotte und ich mit Tom. Geschossen wird nur auf ein Tor. Kapiert?«

Am Ende lief es auf Tom gegen Nelly hinaus, weil Lotte und Boris ständig über sich selbst und ihre Ballkünste kichern mussten. Und es ging darum, den Ball in Stefans Tor zu kriegen. Aber das allein reichte Boris nicht. Er wollte, dass Nelly dabei die bestmögliche Position fand und die Wahrscheinlichkeit eines gelungenen Torschusses vergrößerte.

Und was auch immer der Grund war – vielleicht, weil Lotte so lustig kicherte oder Tom so voller Eifer kämpfte oder Stefan sie jeden Augenblick spüren ließ, dass er keinen Schuss, der nicht hundertprozentig überdurchschnittlich gut war, reinlassen würde –, jedenfalls schoss Nelly endlich wieder Tore. Erst eins, dann das zweite und dann noch ein paar mehr.

Es wurde mit einem Schlag dunkel und alle waren erschöpft und hungrig.

Wie auf Bestellung tauchte in diesem Moment Anne auf. Sie trug einen Korb, in dem sich Käse und Weintrauben und jede Menge Brot türmten.

»Hallo, ihr Fußballer, haut rein!«

Das ließen sie sich nicht zweimal sagen.

»Das war lecker«, sagte Stefan und rieb sich den gut gefüllten Bauch. »Ich schieß mich dann mal ins Bett.«

Tom schloss sich ihm an. Vorher winkte er Nelly noch kurz zu.

Auf dem Heimweg wurde nicht viel geredet.

Aber anders als bei der Fahrt vom Flughafen lag das daran, dass alle todmüde waren.
Und morgen war ein wichtiger Tag.

ELF:
Elfmeter für Nelly

Am nächsten Morgen standen Anne und Boris schon ziemlich früh an Nellys Bett.
»Herzlichen Glückwunsch zum Geburtstag«, sagten sie und drückten Nelly ein Paar nagelneue, knallrote Fußballschuhe in die Hand. »Diese Schuhe laufen genauso schnell wie deine Füße.«
Nelly probierte die roten Schuhe sofort an. Sie passten wie angegossen! Mit strahlenden Augen wollte sie ihren Eltern danken. Aber dann fiel ihr wieder ein, dass sie heute höchstwahrscheinlich gar nicht rennen würde. Und auf der Stelle war ihre gute Laune wieder vorbei.
»Ich brauch sie nicht«, sagte sie trotzig und zog die Schuhe aus. Ihre Augen hatten das Glänzen wieder verloren.
»Noch ist nicht aller Tage Abend und heute wird auch nicht dein letztes Spiel sein.«
Nelly zuckte mit den Schultern.

»Herzlichen Glückwunsch, Nelly«, sagte Lotte da.
Sie hatte ihr auch etwas mitgebracht. Ein Bild. Ein ziemlich verknittertes Bild.
Es war Lottes Stuhl, den Nelly gezeichnet und Lotte nach München gebracht hatte. Aber jetzt war der Stuhl nicht mehr leer, sondern jemand saß darauf.
»Das bist ja du«, sagte Nelly.
Lotte nickte. »Dann bin ich immer bei dir«, erklärte sie und die beiden Freundinnen umarmten sich.
Nelly blieb nicht mehr viel Zeit. Sie musste los.
Ihr wäre es am liebsten gewesen, wenn niemand beim Spiel zugesehen hätte. Denn was sollte es da zu sehen geben? Wie sie auf der Bank saß und Marcia ein Tor schoss?
Aber ihre Eltern und Lotte hatten darauf bestanden, nachzukommen und bei dem Spiel dabei zu sein.

Eine knappe Stunde vor dem Spiel marschierte Nelly auf den Platz. Die meisten Mädchen waren schon da. Auch Marcia, die sich einen spöttischen Blick nicht verkneifen konnte. Doch jeder Spott verging ihr, als Resa nach den Schülerausweisen fragte.

Alle Spielerinnen hatten ihn mit, nur Marcia nicht. Sie wühlte schon zum dritten Mal ihre Tasche durch. Aber es blieb dabei, sie hatte den Ausweis zu Hause vergessen.

»Dann kannst du nicht mitspielen«, sagte Resa bedauernd. »Das sind die Bestimmungen. Und das weißt du.«

Werner Rost war stinksauer. Er musste sich ziemlich beherrschen nicht loszubrüllen.

Die Mädchen begannen heftig zu diskutieren. Ohne Marcia als Spielmacherin wurde ihre Aufstellung total über den Haufen geworfen. Dadurch waren ihre Chancen von Anfang an schlechter. Nur Marcia sagte keinen Ton. Sie stand einfach wie vom Donner gerührt da. Dann brach sie in Tränen aus.

Und Nelly traf die schwerste Entscheidung ihres Lebens. »Wo wohnst du?«, fragte sie Marcia.

Die schniefte und sah Nelly wie eine Außerirdische an. »Am Gesundbrunnen-Center, in der Zingster Straße.«

»Ist jemand zu Hause?«

Marcia nickte. »Meine Mutter ist eigentlich immer da.«

Nelly sah auf die Uhr. »Das Spiel geht in einer

Dreiviertelstunde los. Die S-Bahn braucht elf Minuten zum Gesundbrunnen und elf Minuten zurück. Von hier bis zum Bahnhof sind es zwei Minuten. Dann habe ich noch zehn Minuten, um zu dir nach Hause zu kommen und den Ausweis zu holen. Das sind insgesamt sechsunddreißig Minuten. Bleiben noch neun Minuten bis zum Anpfiff. Das krieg ich hin.«

Die Spielerinnen warfen ihr anerkennende Blicke zu. Marcia sah Nelly ungläubig an. Aber Nelly schaute nur fragend auf den Trainer.

Der überlegte kurz, dann sagte er: »Gute Entscheidung, Nelly. Aber was ist, wenn du es nicht schaffst?«

Das wusste Nelly nicht. Aber sie wusste, dass sie keine Zeit mehr hatte, darüber nachzudenken. Bevor Werner Rost auch nur »Warte mal« sagen konnte, rannte Nelly schon los.

Fünfzehn Minuten später stand sie vor Marcias Haus. Aber erst als sie Sturm klingelte, öffnete sich ein Fenster und eine ziemlich dicke Frau lehnte sich heraus.

»Was ist denn?«, brüllte sie nach unten.

»Ich brauche Marcias Schülerausweis. Schnell! Sie kann sonst nicht spielen.«

»Was denn für ein Spiel?«, fragte die Frau.
»Das Bundesfinale, Jugend trainiert für Olympia!«, antwortete Nelly und wunderte sich, dass Marcias Mutter das nicht wusste.
Sie sah auf die Uhr. Die Zeit raste. Als sie den Türsummer hörte, sprintete sie nach oben. Die Wohnungstür stand offen und Nelly trat vorsichtig in den Flur. Bei Marcia sah es genauso chaotisch aus wie bei ihr zu Hause, wenn gerade kein Besuch erwartet wurde.
Inzwischen hatte Marcias Mutter den Ausweis gefunden.
»Wo spielt Marcia denn?«, fragte sie.
»In der Sportanlage Wittenau«, sagte Nelly. Und dann rannte sie wieder los.
Drei Minuten vor dem Anpfiff war sie zurück auf dem Platz. Marcia sah trotz ihrer dunklen Hautfarbe ziemlich blass um die Nase aus. Als Nelly ihr den Schülerausweis gab, schluckte sie.
»Ist schon okay«, sagte Nelly. »Mach einfach, dass wir gewinnen!«
Die Mannschaften stellten sich auf und Nelly setzte sich zu Jette, Resa, Betty und Werner Rost auf die Ersatzbank.

Ihr Team beherrschte von Anfang an das Spiel. Sie waren gut. Richtig gut. Es machte Spaß, ihnen zuzusehen. Besonders Marcia lief, als wollte sie den vergessenen Ausweis doppelt und dreifach wettmachen. Schon nach wenigen Spielminuten hatten sie ein 1:0 von Lola.

»Weiter so!«, brüllte der Trainer den Mädchen zu.

Dem 1:0 folgte bald das 2:0. Marcia hatte den Ball unhaltbar in das obere Eck gepfeffert.

Nelly jubelte. Die Ersatzbank, die sie heute Morgen noch als grausame Strafe empfunden hatte, fühlte sich plötzlich nicht mehr ganz so schlimm an.

Doch dann wurde ihre Mannschaft übermütig und machte Fehler. Die Pässe kamen nicht mehr punktgenau. Und plötzlich ging ein simpler Eckstoß-Kopfball der Gegner in ihr Tor.

Werner Rost und Resa waren inzwischen aufgesprungen. Sie brüllten und gestikulierten wie wild, aber es nützte nichts. Die anfängliche Überlegenheit war vorbei. Immer und immer wieder standen sie jetzt vor dem eigenen Tor und hatten Mühe, den Ball abzuwehren. Kurz vor der Halbzeit kam es zum Ausgleich.

Der Trainer sammelte die Spielerinnen um sich. Seine Ansprache war leise, aber sehr bestimmt. »Wir werden hier als Sieger vom Platz gehen«, sagte er.
Und dann ging das Spiel weiter.
Nelly spürte einen Stich, als der Trainer Jette einwechselte. Auf ihr schienen seine Hoffnungen zu liegen, denn sie war schnell, schussstark auf beiden Füßen und beim Kopfball machte ihr keiner etwas vor.
Kaum war sie auf dem Feld, riss sie prompt den Ball an sich und stürmte zum gegnerischen Tor. Die Mannschaft schien aufzuatmen und ließ sich von ihrer überschäumenden Energie anstecken.
Doch da passierte es. Ein Mädchen aus der gegnerischen Mannschaft grätschte Jette so heftig gegen den Fuß, dass sie stürzte und am Boden liegen blieb.
»Foul«, brüllten der Trainer, Resa und Nelly.
Aber der Schiedsrichter hatte kein strafwürdiges Verhalten gesehen. Jette rappelte sich mühsam auf. Sie hinkte und gab Werner Rost ein Zeichen, dass sie rausgewechselt werden wollte.
War das jetzt endlich Nellys Chance?

Aber wie selbstverständlich stand neben ihr Betty auf und begann mit ihren Dehnübungen. Nelly sank ein Stück in sich zusammen. Sie spürte die enttäuschten Blicke ihrer Eltern im Rücken. Und wie Lotte guckte, das wollte Nelly sich lieber nicht vorstellen. Bestimmt voller Mitleid.

Da drehte sich Werner Rost zu Nelly um und murmelte: »Mach dich fertig.«

Yes! Nelly sprang auf, zog sich die roten Fußballschuhe an, machte sich kurz warm und ging dann wie in Trance auf das Spielfeld.

Und plötzlich war alles ganz einfach. Marcia hatte den Ball und gab ihn passgenau an Nelly ab, die damit direkt auf den bestmöglichen Winkel zulief. Das war ein Vollspannstoß, dachte Nelly noch, als der Ball mit Wucht an das ausgestreckte Bein des Torwarts krachte.

Sie hatte es nicht geschafft. Aber es war schon mal ein Anfang.

»Genau so machen wir jetzt weiter«, rief ihr Marcia im Vorbeirennen zu. »Wir haben noch vier Minuten!«

Und sie hatte Recht. Ihr Team war nicht mehr aufzuhalten. Der Ball lief wie an einer Schnur zwischen den zehn Spielerinnen hin und her. Im-

mer in die eine Richtung. Immer aufs gegnerische Tor zu. Eigentlich war es nur noch eine Frage der Zeit, bis er ins Netz gehen würde.
Nur Zeit hatten sie keine mehr.
Sie stürmten nach vorne. Und die gegnerische Mannschaft versuchte alles, um sie aufzuhalten. Schließlich nahm sie ihnen den Ball ab. Und spielte einen Konter. Die letzte Minute begann. Nachspielzeit gab es keine. Verzweifelt eroberte Nelly sich den Ball und schoss zu Marcia nach vorne. Sie bekam den Pass, dribbelte um eine Gegnerin herum und…
… lag am Boden. Nelly hörte ihren Schrei über das ganze Spielfeld. Aber diesmal hatte der Schiedsrichter das Foul gesehen. Trotz der Proteste der Gegenmannschaft gab er Elfmeter. Obwohl die Spielzeit schon vorbei war, durfte der Strafstoß noch ausgeführt werden.
Das war ihre letzte Chance auf einen Sieg.
Lola, der Kapitän, sah Marcia an. Sie war gefoult worden, es war ihr Schuss. Aber Marcia schüttelte den Kopf.
»Das ist ein Elfmeter für Nelly«, sagte sie.
Nelly nickte mechanisch, nahm den Ball und legte ihn auf den Elfmeterpunkt. Im Stadion

wurde es ganz still. Die Mädchen ihrer Mannschaft stellten sich hinter ihr in eine Reihe und hielten sich an den Händen, als ob sie Nelly so die nötige Kraft geben konnten. Das schien aber nicht zu klappen. Denn Nelly war so nervös wie noch nie. Sie schaute zu ihren Eltern hoch. Boris winkte ihr aufmunternd zu, Anne hielt sich die Augen zu und Lotte hatte einen knallroten Kopf. Sie sah noch aufgeregter aus als Nelly selbst.

Nelly machte einen Schritt rückwärts. Noch einen. Und dann noch einen dritten.

»Du schaffst es«, sagte sie bei jedem Schritt. Aber in diesem Augenblick hatte sie das Gefühl, dass es ihr noch nie geholfen hatte, etwas dreimal vor sich hin zu sagen.

Die Torhüterin stellte sich in die Mitte des Tors. Sie schüttelte sich und schaute Nelly in die Augen. Lässig fuhr sie sich mit den Händen durch die Haare und lächelte. Ja, wirklich! Sie lächelte, als wäre das, was jetzt kommen würde, nichts als ein netter Versuch.

Nelly bekam weiche Knie. Wenn sie jetzt versagte … Was würde der Trainer zu ihr sagen? Was Marcia? Und was die anderen?

Egal. Egal. Egal.
Mit festem Blick fixierte Nelly die obere linke Torecke, nahm Anlauf, hielt die Luft an, dachte an die optimale Schusskurve, schaute noch immer nach links, holte aus, sah, wie die Torhüterin in die linke Ecke hechtete. Und Nelly schoss.
Nach rechts.
Der Ball jagte durch die Luft, hob sich immer höher, so hoch, dass er nur über das Tor hinausgehen konnte. Ein Raunen ging durch das Stadion. Die Fans der gegnerischen Mannschaft triumphierten. Und Nellys Herz blieb stehen. Das war's. Nichts als ein netter Versuch.
Aber dann – wie von Zauberhand – senkte sich der Ball und segelte knapp unter der Latte ins Netz.
TOR.
Nellys Herz schlug wieder. Werner Rost sprang vor Freude in die Luft. Nellys Mannschaft jubelte. Lotte riss die Arme hoch und schrie. Und mit ihr schrie das halbe Stadion. So laut, wie die 69901 Zuschauer in der Allianz-Arena bei Müllers Tor geschrien hatten. Na ja. Fast so laut.
Das Spiel war vorbei. Nelly hatte getroffen! Und sie hatten gewonnen!
In der kurzen Nachbesprechung sagte der Trainer

ihnen, dass das Spiel sowohl durch eine sehenswerte Teamleistung als auch durch sehr gute Einzelleistungen entschieden worden war. »Bei Nelly habe ich beides gesehen. Das hat mich besonders gefreut«, fügte er noch hinzu.
Nelly strahlte. Ihre gesamte Mannschaft nickte anerkennend. Und dann waren auch ihre Eltern und ihre beste Freundin auf dem Platz und umarmten sie. Während Boris mit dem Trainer über Schusswinkel fachsimpelte, lud Anne alle Spielerinnen zu Nellys Geburtstagsparty ein.
»Hey, Nelly, warum hast du uns nicht gesagt, dass du Geburtstag hast!«, rief Betty und gratulierte Nelly herzlich.
»Klar kommen wir«, sagte Jette.
Dann stand Marcia vor Nelly. Normalerweise war sie nicht besonders schüchtern, aber jetzt kriegte sie keinen Ton raus.
»Echt, das war unglaublich«, stammelte sie schließlich. »Sogar meine Mutter ist noch gekommen. Sie war heute das erste Mal bei einem Spiel dabei.«
»Meine Eltern sind auch hier«, sagte Nelly und sah zu Anne und Boris, die vor Stolz über ihre Fußballtochter beinah platzten.

»Komm doch heute Nachmittag auch vorbei«, sagte Lotte, die neben ihre Freundin getreten war.
Nelly nickte. »Ja, komm doch.«
»Gerne!« Es war Marcia anzusehen, wie sehr sie sich über die Einladung freute.

Der Hof hinter Nellys Haus war kaum wiederzuerkennen. Ihre Eltern, Lotte und Frau Hinnenthal hatten heute früh ganze Arbeit geleistet.
Auf einer langen Tafel mit weißer Tischdecke warteten jede Menge selbst gebackene Kuchen auf die Gäste. Und Nellys Platz zierten zwei goldene Hunde.
Dann kamen sie alle: die Mädchen aus Nellys Mannschaft, die Jungs vom Bolzplatz, Tom und Stefan und Max.
Nelly zwickte sich, weil sie nicht glauben konnte, dass gerade sie mit so vielen Freunden ihren Geburtstag feierte. Das war fast noch besser als der Elfmeter!
Da erschien ein weiterer Gast. Nelly schluckte.
»Herzlichen Glückwunsch zum Geburtstag!«, sagte Daria und lächelte vorsichtig. In der Hand hielt sie eine riesige Kühltasche, die sie jetzt öff-

nete. »Das ist für dich. Eine Spezialanfertigung für Fußballerinnen.«

Nelly mochte Eis sehr gerne. Auch wenn sie seit der Sache mit Tom keins mehr gegessen hatte. Aber warum eigentlich? Tom war immer noch mit ihr befreundet. Daria hatte sich nirgends dazwischengedrängt.

Sie sah Daria an, dann nickte sie. Klar wollte sie ein Eis. »Danke«, sagte sie lächelnd. Und: »Warte mal.«

Sie drehte sich um und rannte nach oben in die Wohnung. Ein paar Minuten später kam sie mit einer CD und ihrem Player wieder.

»Alles Gute zum Geburtstag!« Sie überreichte Daria die CD. »Die schenk ich dir. Aber vorher müssen wir alle zu meinem Lieblingslied tanzen.«

»Stir it up«, sang Bob Marley wenig später, so laut er konnte, und auf dem Hof mischten sich die Jungs vom Bolzplatz, die Mädchen aus Nellys Mannschaft, Boris und Anne, Daria, Elsa Hinnenthal und natürlich Lotte und Nelly zu einer großen glücklichen Menge.

Es gab viel zu feiern an diesem Nachmittag.

VERLÄNGERUNG – FUSSBALLLEGENDE(N)

Michael Ballack, der Mannschaftskapitän der deutschen Nationalelf, genannt »Capitano«, beging z.B. 2002 in der Fußballweltmeisterschaft ein taktisches Foul. Er bekam dafür eine Gelbe Karte und war deshalb für das Endspiel gesperrt (siehe S. 8).

Diego Maradona gilt als einer der besten Fußballspieler der Geschichte. Zur Weltmeisterschaft 1986 schoss er nach einem unglaublichen Dribbling über das halbe Spielfeld ein Tor. Er hatte dabei die gesamte englische Abwehr ausgespielt. Dieser Treffer wurde von der FIFA (Internationale Föderation des Verbandsfußballs) zum Weltmeisterschaftstor des Jahrhunderts gekürt. Auch das Halbfinale gegen Belgien wurde zu einer einzigen Diego-Maradona-Galavorstellung. Maradona umkurvte nahezu die komplette Defensive des Gegners und schoss Argentinien ins Finale (siehe S. 23).

Franz Beckenbauer, ehemaliger deutscher Nationalspieler, heute auch als »Kaiser Franz« bekannt, wuchs in München-Giesing in einfachen Verhältnissen auf. Sein erster Ball war ein schlichtes Wollknäuel. Er war es auch, der als Trainer bei der Weltmeisterschaft 1990 zu der deutschen Nationalmannschaft sagte: »Das Einzige, was sich in der ersten Hälfte bewegt hat, war der Wind.« Aber trotzdem gelang der deutschen Mannschaft am Ende der Sieg (siehe S. 51 und S. 57).

Helga Tönnies wurde 1956, anlässlich des ersten Länderspiels einer deutschen Frauenfußballmannschaft, von einer Illustrierten mit dem Kapitän der deutschen Nationalmannschaft von 1954, **Fritz Walter**, verglichen. Von der übrigen Presse, die dem Frauenfußball meist ablehnend gegenüberstand, wurde dieser Vergleich als »geschmacklos« bezeichnet. Erst 23 Jahre später, 1969, erlebte Helga Tönnies dann die allmähliche Wende der öffentlichen Meinung. »Mädchen, das war schon ganz gut«, sagte nämlich ebenjener Fritz Walter zu ihr, nachdem sie für ihren Verein zwei Tore geschossen hatte und damit das westdeutsche Pokalfinale gewann (siehe S. 61).

Shelly-Ann Fraser, Spitzname »Pocket-Rocket«, ist zwar keine Fußballerin, aber eine Weltklasseläuferin: Olympiasiegerin und Weltmeisterin über 100 Meter. Sie stammt aus einer Armensiedlung in Jamaika. Bei ihren ersten Schulmeisterschaften rannte sie barfuß (siehe S. 51 und S. 94).
Gerd Müller, Michael Ballack und Thomas Müller waren Träger der Rückennummer 13 der deutschen Nationalmannschaft. Die beiden Müllers erhielten mit dieser Nummer als Torschützenkönig der Weltmeisterschaft jeweils den Goldenen Schuh: Gerd Müller für zehn Tore 1970 in Mexiko. Und Thomas Müller 40 Jahre später, in Südafrika 2010, für fünf Tore und drei Torvorlagen. Neben den Müllers erhielt diese Auszeichnung nur ein weiterer deutscher Nationalspieler: **Miroslav Klose** 2006 in Deutschland mit fünf Toren (siehe S. 55).
Bob Marley, der berühmte Reggaemusiker aus Jamaika, spielte als kleiner Junge manchmal bis zehn Uhr nachts Fußball. Er war ein Einzelkind und liebte schon deshalb den Mannschaftssport. Seinen Fußballkumpels aus dem Getto hielt er sein Leben lang die Treue. Auf dem Video zu

»Could you be loved« ist er mit Stollenschuhen und mit Mikro in der Hand zu sehen. »Wenn ich Fußball spiele, erwacht die Welt um mich herum«, hat er einmal gesagt (siehe S. 49).

Sepp Herberger, legendärer Fußballtrainer der Weltmeisterelf von 1954, brachte den Fußball auf eine einfache Formel. »Der Ball ist rund und das Spiel dauert 90 Minuten.« Wahr ist, dass Fußballspiele meist deutlich länger dauern, 90 plus X heißt das in der Fachsprache. Aber auch was den geometrischen Körper betrifft, irrte Herberger. Der Fußball bestand zu seiner Zeit aus zwölf Fünfecken und zwanzig Sechsecken und war damit keine Kugel, sondern ein abgestumpftes Ikosaeder. »Fevernova«, der Weltmeisterschaftsball aus dem Jahr 2002, war allerdings der letzte Ball, der so gemacht war. Seit 2002 besteht der WM-Ball aus acht ineinandergeschobenen Plastikpanels. Der Ball von 2010 trug den Namen »Jabulani«, ein Begriff, der der Bantusprache isiZulu entstammt und übersetzt »feiern« bedeutet. **Franz Beckenbauer** sagte über diesen Ball: »Der WM-Ball ist ja kein Lederball mehr, sondern eine Mischung aus Marsstaub, Gold und Platin« (siehe S. 96).

Lionel Messi gilt als hervorragender Dribbler, der auch bei hohem Tempo den Ball problemlos kontrollieren kann. Seine spektakulären Einzelläufe haben ihn zu einem der gefürchtetsten Spieler beim FC Barcelona gemacht. Er sprintete 2007 innerhalb von zwölf Sekunden über das halbe Spielfeld und überspielte dabei vier Feldspieler und den Torwart. Deshalb wird er auch als Nachfolger von **Diego Maradona** gesehen. Sein Spitzname ist »La Pulga«, der Floh, wegen seiner geringen Körpergröße und seiner atemberaubenden Geschwindigkeit beim Dribbling. Er ist »Europas Fußballer des Jahres« und der »Weltfußballer des Jahres« 2009/10 (siehe S. 95 und S. 104).

Thomas Müller erhielt bei der Weltmeisterschaft 2010 eine Gelbe Karte für ein Handspiel im Zweikampf gegen **Lionel Messi** aus der argentinischen Nationalmannschaft. In der 35. Spielminute, kurz nachdem er die deutsche Nationalmannschaft mit einem Kopfball in Führung gebracht hatte, flog ihm der Ball an die Hand. Der usbekische Schiedsrichter **Rawschan Irmatow** unterstellte ihm Absicht und zeigte Müller die Gelbe Karte. Mit insgesamt zwei Gelben Karten war Thomas Müller dann für das Halbfinalspiel gegen Spanien gesperrt. Trotzdem wurde er zum »Besten Nachwuchsspieler« der WM gewählt und löste damit **Lukas Podolski** (2006) ab (siehe S. 109f.).

Andreas Möller, auch »Schwalben-Möller« genannt, täuschte 1995 beim Stand von 0:1 Borussia Dortmund gegen den Karlsruher SC ein Foulspiel im Strafraum (Schwalbe) vor, obwohl sein Gegenspieler für eine Berührung zu weit von ihm entfernt war. Der daraufhin zu Unrecht verhängte Elfmeter führte zum zwischenzeitlichen Ausgleich für die Dortmunder (siehe S. 115).

Fatmire Bajramaj, genannt »Lira«, ist die Spielmacherin vom 1. FFC Turbine Potsdam mit der Rückennummer 10. Sie gewann 2007 mit der deutschen Nationalmannschaft der Frauen den Weltmeistertitel sowie 2008 die Bronzemedaille bei den Olympischen Spielen in Peking. Auch bei der Endrunde der 6. Fußballweltmeisterschaft der Frauen, die vom 26. Juni bis 17. Juli 2011 in Deutschland ausgetragen wird, gehört Lira wieder zum festen Kader. Das Motto lautet: »20ELF VON SEINER SCHÖNSTEN SEITE!« (siehe S. 128f.).